"하하하 호호호"

추천사

행복으로 가는 두 수레바퀴

송길원 목사(가족생태학자, 하이패밀리 대표)

"힘들 때 우는 건, 삼류다."
"힘들 때 참는 건, 이류다."
그렇다면 일류는?
"힘들 때 웃는다."

인생이 좀 힘든가? 하루하루가 고달프다. 앞을 보면 낭떠러
지다. 뒤를 보면 캄캄한 절벽이다. 그 때마다 고달픈 삶을 견인
하는 행복의 두 수레바퀴가 있다. '긍정의 말'과 '감사의 능력'이
다.

#. 말을 심하게 더듬는 소년이 있었다. 말을 더듬는 일로 마
음이 상해 괴로워할 때마다 그의 어머니는 이렇게 대꾸다.

"너무 똑똑해서 그런 거야. 너처럼 똑똑한 아이의 머리를 네 혀가 따라오지 못해서 그런 거야."

어머니의 칭찬과 격려 덕분에 자신감에 충만했던 소년은 어느새 학교에서 가장 말을 많이 하는 시끄러운 아이가 되었다. 키는 작았지만 야구팀의 투수로, 아이스하키 팀과 골프 팀의 주장으로 맹활약을 펼친다.

학업을 마치고는 GE의 말단 사원에서 출발해 1981년 최연소 CEO의 자리에 오르고 GE를 시장가치 120억 달러에서 4500달러 끌어올린 최고의 CEO가 되었다. 다름 아닌 경영의 신이라 불리는 잭 웰치다.

#. 누구에게나 새벽이 있다. 그러나 누구나 새벽에 일어나는 것은 아니다. 누구에게나 인생이 있다. 그러나 누구나 인생의 주인공이 되는 것도 아니다. 그렇다면 누가 인생의 주인공이 될까? 다음 한 마디에 답이 있다.

"5가지 불평을 하면 5가지 병이 오고 5가지 감사를 하면 5가지 복이 온다."

책을 펴들자마자 시작되는 "하하하하" "호호호호"에 내가 걷게 될 길의 운명이 보인다. 운명(運命)이라고? 그렇다.

"운명(運命)이라는 말은 인간의 힘으로는 도저히 어쩔 도리가 없는 것처럼 들린다. 그러나 절대 바꿀 수 없는 것은 숙명이지 운명이 아니다. 운명(運命)의 운(運)이라는 글자에는 '옮기다' '움직이다'와 같은 뜻이 담겨있다. 다시 말해 운명은 우리 힘으로 움직일 수 있다."('인생에 지지 않을 용기'에서)

'하하하하' '호호호호'로 우리 함께 '행복 달리자'

행복 누리 언어학교는 한국 교회는 물론
선교지인 해외 교회에도 꼭 필요한 사역

박영기선교사(KPM 본부장)

"존귀한 자는 존귀한 일을 계획하나니 그는 항상 존귀한 일에 서리라"(이사야 32:8)

이경미 사모님께서 남편 김성한 목사님과 함께 주님의 교회를 섬기면서 직접 가르치고 깨닫고 체험한 내용들을 정리하여서 『"하하하 호호호"』출판을 진심으로 축하하며 기뻐합니다.

사모님은 존귀한 일을 계획하고 존귀한 일을 기쁨으로 실천하고 있는 주님의 신실한 일꾼입니다. 대학에서 음악을 전공하여 주님께 받은 음악의 은사와 재능을 가지고 모 교회인 부산호산나교회를 잘 섬기고 있을 때 사업가인 김성한 형제와 1992년에 결혼하였습니다. 사모님은 2002년에 사업가인 남편이 주님의 종으로 부르심을 받아 사업을 넘기고 헌신의 길을 가려고할 때에도 전혀 망설이지 않고 동의함으로써 지금까지 남편과함께 헌신의 길, 목회자 사모의 길을 걷고 있습니다.

부족한 자기를 구원해 주시고 주님의 교회를 섬길 수 있도록인도해 주신 주님의 은혜에 감격해서 남편의 목회를 잘 내조하면서 받은 은사를 살려서 교회 청년들과 성도들을 가르치는 동역 사역을 하고 있습니다.

주님께서는 2017년 8월 김성한 목사님과 사모님을 강원도 주문진에 있는 소돌교회로 인도해 주셨습니다. 부임하여서 성도들이 한 마음으로 건강한 주님의 교회를 세우기 위하여 '행복누리 언어학교'를 시작하였습니다. 사모님은 이 학교를 통하여서일 년 동안 매 주일 오후마다 성도들이 가정과 교회와 사회에서어떤 언어, 무슨 말을 사용해야 되는지를 가르쳤으며, 가르친내용들을 성도들과 함께 나누었습니다.

온 성도들이 함께 삶을 나누면서 모일 때마다 격려하고 축복하는 말을 하는 것이 자연스럽게 되었습니다. 이경미 사모님은

"'하하하하', '호호호호' 이 소리는 감사하게도 우리 교회에서 매일 들리는 웃음소리이다"라고 고백하고 있습니다.

얼마나 아름다운 모습입니까? 감동적이지 않습니까? 이것이 주님이 원하고 계시는 이 지상 교회의 참 모습, 성도의 삶이 아니겠습니까? 저는 이 간증을 듣고 큰 은혜와 감동을 받고 사모님께 "행복누리 언어학교는 한국 교회 뿐만 아니라 선교지인 해외의 교회들이나 선교사들에게도 너무나 필요한 것 같습니다. 이 일을 위해서 '먼저 KPM본부에서 근무하는 선교사들에게 강의를 해 주세요"라고 부탁을 드린 적이 있습니다.

사모님은 다른 곳에서 강의를 해 본 일이 없었지만 부탁을 거절하지 않고 KPM 본부에서 와 기쁨으로 강의를 해 주셨습니다. 지금은 본부의 선교사들도 강의를 통하여서 모두 큰 은혜와 감동을 받고 좋은 말, 격려의 말, 축복의 말, 믿음의 말을 사용하는 것이 생활화가 되고 있습니다.

저는 이 강의 내용들을 잘 정리하여서 한 권의 책으로 출판해 주면 좋겠다고 먼저 이경미 사모님께 제안을 한 바 있습니다.

왜냐하면 지금도 말, 언어 때문에 상처를 주고 상처를 받는 사람들이 우리들의 가정이나 교회에도, 사회에도 많이 있기 때문입니다. 사람이 모여서 사는 곳이라면 어디든지 갈등이 있지 않습니까? 그러나 주님이 원하시는 말과 언어를 사용하게 된다면 반드시 가정과 교회, 사회에도 큰 변화가 오기 때문입니다.

모쪼록 사모님의 기도와 믿음과 임상과 경험에서 나온 『"하하하 호호호"』이 책이 조국의 교회와 선교지 교회의 영적 건강을 위해서, 말과 언어 때문에 상처를 받은 분들의 치유를 위해서, 그리고 행복한 가정생활과 교회생활과 사회생활을 원하고 계시는 분들을 위해서 귀하게 쓰임 받기를 간절히 기대합니다.

아름다운 말을 많이 하는교회는
더 많은 영혼들을 살리게 된다

박성규목사(전 성서대학이사장, 서울제일교회 담임)

제가 존경하고 사랑하는 후배 목사의 사모님이 좋은 책을 내게 된 것을 진심으로 축하드립니다. 아마 교회에 유익을 주기 위해서 행복누리 언어학교를 섬기다가 주변의 권고와 기도로 이 책을 집필하게 된 것 같습니다.

이 책은 우리의 일상생활에서 이루어진 실제적인 이야기들로 구성되었기 때문에 책 읽기를 싫어하는 사람도 재미있게 읽으면서, 기적을 일으키는 말의 중요성을 마음에 담을 수 있습니다.

우리는 어릴 때부터 습관화되거나, 살아오면서 환경에 따라 자기도 모르게 몸에 배인 말들을 많이 합니다. 그런 말들 가운데는 덕이 되는 말이 있는가 하면, 해가 되는 말이 있습니다.

덕이 되는 말은 상대방에게 힘을 공급해 주고, 이 책의 제목처럼 기적을 일으키지만, 그렇지 못하다면 자기 자신뿐만 아니라, 상대방에게도 많은 피해를 줄 것입니다. 그리고 이러한 피해는 개인뿐 아니라 교회공동체로 까지 영향을 미칠 것입니다.

아름다운 말을 많이 하는 교회는 더 많은 영혼들을 살리게 됨으로 부흥될 것입니다. 그렇지 않은 교회는 하나님이 맡기신 영혼들을 오히려 실족하게 함으로 교회로서의 가치를 잃어갈 것입니다.

말이 주는 힘이 얼마나 중요하고 대단합니까? 우리는 우리가 쓰는 말에 대해 다시 한번 생각해야 할 것입니다.

저자는 삶의 현장에서 생생하게 겪은 사실대로 집필했습니다. 그래서 이 책은 읽는 이들에게 아름다운 권면으로 다가오며, 생각 없이 말하고 지내온 우리들에게 충격과 지혜를 제공합니다. 그리고 저자가 재미있는 동화를 들려주는 듯 하는 이야기의 전개는 읽는 이들의 마음에 자연스럽게 스며들어 앞으로의 인생을 더 행복하고, 형통하게 이어나가게 할 것입니다.

그래서 이 책을 집필한 사모님의 수고로 책을 읽는 우리 독자들에게 새로운 인생을 살 수 있는 마음의 문을 열어주는 계기가 될 것이라고 믿습니다. 이 책이 많은 사람들에게 읽혀져서 이때까지 경험해 보지 못한 축복의 열매들이 주렁주렁 열리는 삶을 함께 누리기를 기대합니다.

일상의 언어생활이 얼마나 큰 위력이 있는지를
일깨워 주는 책

송병국목사(선양교회 담임, 고신총회 강원노회 증경노회장)

모든 사람들은 말의 능력에 별 관심 없이 많은 말을 하면서 살아갑니다. 그러나 이경미사모님은 이에 지대한 관심을 가지셨습니다.

"하하하 호호호"

평소에 말하는 것에는 엄청난 권세가 들어있다는 사실을 발견하고 이에 더 깊이 연구를 시작한 것입니다.

사실 이 세상 모든 피조 세계의 존재 자체가 하나님의 말씀으로 지어진 것임을 성경은 증거하고 있습니다.

그리고 야고보서 3장 6절에서 '혀는 곧 불'이라고 했고 악한 말이 '지옥 불에서 난다'고 했습니다.

악한 말의 출처가 지옥 불이라는 겁니다.

바꿔 말하면 부정적인 말이라는 건 지옥을 이 세상으로 가져오는 도구라는 것입니다.

지금 내 삶의 현장으로 지옥의 파괴력을 가져오는 게 우리의 부정적인 말이란 이야기입니다.

물론 말이 천국도 가져온다고 합니다.

"사람은 언제부터 행복할까요?"란 물음에 링컨 대통령은 "내가 행복하다고 말하는 순간부터"라고 말했습니다.

자기가 자기 말로 행복을 가져오는 것입니다.

결국 혀를 훈련해야 합니다.

탈무드에 "내가 하고 있는 말이 내 미래를 향하여 가는 다리이다"란 말이 있습니다.

인생의 복잡한 문제, 삶을 고통스럽게 하는 문제가 입에서 오는 것일 수 있습니다.

이경미 사모님께서 저술한 이 책은 우리가 무심코 행하는 일상의 평범한 언어생활이 얼마나 큰 위력을 펼치는가 하는 그 중요성을 일깨워주는 책이라 할 수 있습니다.

우리는 이 책을 통해 우리의 언어생활을 다시 한번 돌아보고 이를 새롭게 하는 계기를 가지게 될 것입니다.

기적이 상식이 되어진 소돌교회를 지켜보며…

이영한 목사(고신총회 사무총장)

"하하하"

"호호호"

부모들이 원하는 가정의 모습은 어떠한 것일까?

행복한 가정이란 어떤 모습일까?

바로 이런 웃음소리가 끊이지 않는 가정이 아닐까 생각한다.

하나님께서 우리를 하나님의 자녀로 삼아 주셨다.

아버지 하나님께서 자녀인 우리들에게 기대하시는 것이 무엇일까 생각해 본다.

바로 행복에 겨워 웃음이 끊이지 않는 자녀를 기대하지 않을까?

그래서 죄의 종노릇하던 자들에게 예수 그리스도를 이 땅에 보내주심은 제일 먼저 에덴동산에서 끊어져 버린 이 웃음을 회복시키기 원함이 아닐까 생각한다.

하나님과 동행하며, 언제나 아버지 하나님과 교제하던 그 모습을 다시 회복하여 하나님의 안식으로 우리를 초청해 주시는 것이다.

그래서 예수그리스도를 영접하면 제일 먼저 우리에게 평강과 기쁨을 주셔서 끊어져 버린 이 행복을 다시 회복하기를 원하신다.

오늘 이렇게 하나님의 자녀로서 행복을 누리고, 행복한 가운데 웃음이 끊이지 않는 교회를 만나게 된다.

바로 주문진 소돌교회이다.

하나님과 함께 말씀의 능력을 성도의 삶에 풀어 놓으므로 웃음이 끊이지 않고, 날마다 잔치가 벌어지는 교회를 만난다.

우리의 생각이 깊어지고 깊어져서 우리의 말로 나타나고 우리의 말이 반복되는 삶속에서 우리의 환경이 지배를 받게 되는 것이다.

그런데 소돌교회는 우리의 말을 하나님 나라의 관점에서 하늘나라의 말을 풀어 놓으므로 기적이 상식이 되는 교회가 되었던 것이다.

이처럼 우리의 말이 중요하다.

삶을 행복으로 회복하기를 원한다면 말이 바뀌어야 한다.

우리의 삶이 행복으로 가꾸어 지기를 원한다면 말이 변하여야 한다.

세상의 말, 원수 사탄이 던져놓은 말이 아니라 하늘나라의 말, 창조적인 말, 긍정적인 말로서 우리의 삶을 지배하게 해야 한다.

이경미 사모님의 행복누리 언어학교를 통하여 이렇게 놀라운 변화를 가져오게 되어 웃음이 끊어지지 않는 비결이 바로 말의 능력을 알고 말을 변화시키는 훈련을 통하여 이렇게 행복을 누리는 교회가 된 것이다.

"하하하"

"호호호"

『"하하하 호호호"』라는 이 책을 통하여 한국 교회에 웃음이 끊어지지 않았으면 하는 바람이다.

웃음이 사라진 이 때 웃음을 회복하는 길을 알게 한 책이다.

이 책을 읽고 가정생활에 크게 도움 받길…

한정건 교수(전 고려신학대학원장)

이경미 사모님이 김성한 목사님과 함께 사모로 사역하면서 경험한 여러 자료들을 모아 귀한 책을 출간한 것을 축하드립니다. 이 책은 단순히 소위 '사모학'의 책이 아니라 성도들의 삶과 신앙을 위한 목양적인 책이라 생각된다. 목양은 목사만 하는 것이 아니라 사모도 동역하는 것이 바람직하다.

옛날에는 '사모는 교회에서 잠잠히 있어야 한다'고 생각했지만 그러나 현재의 목양에는 사모의 역할이 크다. 이경미 사모님은 교회에서 사역을 하면서 여러 경험을 통하여 교인들의 바람직한 신앙성장과 건전한 가정을 이루어 가는데 크게 도움이 되는 자료들을 제공한다.

이 책은 목회자 사모님들뿐만 아니라 교인들도 읽고 신앙생활과 가정생활에 크게 도움을 받으면 좋겠다.

프롤로그

오늘 하루를 살아가면서 어떤 말들을 하며 보내셨습니까? 우리는 수많은 말들을 하고 살아가고 있습니다. 우리의 말이 의사소통을 위한 말로 끝나는 것이 아니라 우리의 미래라고 생각하신 적이 있으십니까?

우리가 하고 있는 말들이 바로 내일입니다.

우리는 말이 중요하다는 것을 알고 있으면서도 함부로 하는 경향이 있는데, 그 말이 나를 죽이기도 하고 살리기도 합니다.

지금 어떤 말을 하고 있느냐에 따라서 바로 여러분의 생명을 죽이기도 살리기도 합니다. 이것이 믿어지지 않는다면 잠시 책 읽기를 중단하시고 엄지와 검지를 힘주어 맞부딪쳐 보십시오. 그리고 옆사람에게 힘을 주어 두 손가락을 당겨 보라고 하십시오. 그래서 어느 정도 힘에 의해 두 손가락이 떨어지는 지를 기억하고, 이번에는 '죽겠다! 죽겠다! 죽겠다!'라고 3번만 하고 다시 두 손가락을 맞부딪치고서 당겨보라고 하십시오.

처음보다 손쉽게 떨어지는 것을 알 수가 있을 것입니다. 그리고 이번에는 '살겠다. 할 수 있다. 성공한다.' 어떤 말이든 긍정적인 말을 3번만 외치고 다시 두 손가락을 당겨 보라고 하십

"하하하 호호호"

시오. 두 번째 보다 첫 번째 보다 더욱 힘을 주어야 떨어지든지 심지어는 떨어지지가 않을 것입니다.

이것은 우리의 말이 우리의 근과 근육과 신경계와 세포까지 영향을 미친다는 사실입니다. 바로 우리의 말이 실제 나의 생명력을 떨어뜨리기도 하고, 활기차게 할 수도 있다는 것입니다.

우리나라는 6·25전쟁을 겪고 나서 나라가 엉망이었습니다. 그런데 2020년 GDP 기준 세계 12위인 경제대국이 되었습니다. 우리나라가 왜 이렇게 잘 사는 나라가 되었을까요? 우리는 '새마을 운동'이라는 것을 잘 아실 것입니다. '새마을 운동의 노래'를 기억하십니까?

'잘~살아보세 잘~살아보세 우리도 한 번 잘 살아보세.'

우리는 이런 노래를 부르면서 '우리도 한 번 잘 살아보세'라는 말과 함께 새벽에 일어나 밤늦게까지 일한 결과라고 생각합니다.

무엇보다 잘 살아보세라는 말과 함께 잘 사는 나라가 된 것입니다. 그렇다면 지금 우리는 어떤 말들을 하고 있습니까?

많은 사람들이 '경제가 불황이다'라는 말을 입에 달고 살아가고 있습니다. 이전보다 더 어려워졌고, 이전보다 더 안 되고, 이전보다 더 힘들어졌다라는 말들을 주위에서 흔하게 들을 것입니다.

그러나 여건이나 상황은 우리가 어떤 말들을 하고 살아가느냐에 따라 좋아지기도 하고, 나빠지기도 한다는 사실을 기억하여야 할 것입니다.

하루를 불평으로 시작한 날에는 뭐든지 잘 풀렸습니까?

하루를 감사로, '오늘은 잘 되는 날이다'라고 생각하고 말하고 시작해 보심은 어떠하십니까? 그래서 밤에 일기를 쓸 때 하루가 어떠하였는지 말해 보는 것은 어떠할까요? 기적이 상식이 되는 말로 우리의 삶에 행복을 가져 왔으면 합니다.

기적이 상식이 되는 말은 축복의 말, 감사의 말, 긍정의 말, 믿음의 말로, 하나님의 능력을 우리의 삶에 풀어 놓고, 그래서 하나님의 역사하심을 따라 행복을 끌어 오는 것입니다.

민수기 14장 28절에,
"너희 말이 내 귀에 들린 대로 내가 너희에게 행하리니"라고 말씀하셨습니다.

그런데 이 말씀 앞에 하나님께서 '내 삶을 두고 맹세하노라.'까지 말씀하시므로 틀림없이, 분명하게, 확실히 우리가 말하는 대로 우리의 삶을 살아간다는 것을 말씀하셨습니다.

우리는 하나님을 믿는 성도입니다. 하나님을 믿는 성도라면 하나님의 말씀이 곧 진리라고 고백하면서 살아가는 성도입니다. 그렇다면 하나님께서 맹세까지 하신 말씀대로 우리가 하는 말의 인생을 살아가는 것입니다.

우리는 말에 능력이 있고, 말에 권세가 있음을 잊어버리고 살아갈 때가 많습니다. 지금 자리에 일어나서 외치십시오.

나는 하나님의 자녀이다.

나는 하나님께서 축복하신다.

나는 하나님께서 최상의 좋은 것을 공급해 주신다.

믿으십니까?

말의 능력을 믿고 말의 권세를 믿고 외치십니까?

하나님께서 최상의 좋은 것을 공급하실 것입니다.

절대로 원망이나 불평의 말을 입에서 내뱉지 마십시오.

부정적인 생각이 나오거든 꿀꺽하십시오.

그리고 입으로는 하나님의 능력을 풀어 놓으십시오.

기적이 상식이 되어 다가올 것입니다.

감사합니다.

또 감사합니다.

더욱 감사합니다.

이 세 번의 감사가 오늘도 하나님께서 감사할 거리를 풀어 놓으실 것입니다.

목차

02 두 번째 이야기

말씀의
씨앗이
행복한
나무가
되었습니다

첫 번째 이야기

주문진 소돌교회

"하하하하"

"호호호호"

이 소리는 감사하게도 우리 교회에서 매일 들리는 웃음소리
이다.

"사모님, 이번 주에 새가족이 우리 교회에 나온다네요!"

매일 새벽마다 교회 부흥을 위해 기도하시는 우리 교회 은퇴
전도사님이다. 오늘 나간 전도대에서 만난 한 사람이, 교회에
나온다고 약속하였다고, 함박웃음을 짓는다. 이 전도대의 평균
연령은 70세 이상 되시는 분들이다.

무릎 수술한 후에 회복 중인 권사님부터 다리는 아프지만 앉
아서 전도지는 접어 줄 수 있다고 하시는 권사님.

한 시간 정도 서서 전도지를 나눠주면 허리가 아파서 꼭 전봇대에라도 기대야 허리가 펴진다고 말하시는 전도사님, 그리고 손주를 유모차에 태워서라도 전도의 자리에 있고 싶다는 권사님.

집에 가만히 있는 것보다 뭐라도 교회를 위해서 하고 싶다며 자리라도 채우겠다고 말하는 연로하신 권사님들이 바로 우리교회 전도대의 대원들이다.

큰 아이가 28세인 나는 거기에 비하면 새댁이 되는 전도대다. 이렇게 연로하신 분들이 집에만 계셔도 여기 저기 아프지 않은 곳이 없으실텐데,

'하나님께서 우리에게 원하시는 건 딱 한 가지 영혼구원입니다.'

매일 이렇게 외치는 목사님 말씀에 순종하는 마음으로 이분들이 매주 월, 화요일 비가 오나 눈이 오나 전도하러 나가신다.

우리 교회는 강원도 시골에 있는 작은 교회이다. 작지만 주황색 십자가 종탑이 예쁜 교회이다.

교회 옆에는 교인들이 주일에 먹기에 충분한 작은 텃밭이 있고 주차장에는 계절을 따라 먹을 수 있는 과일나무가 있다.

교회 역사는 50년 정도 되었지만, 그냥 그렇게 특별한 일이 없어도 조용히 자리 잡고 있는 교회이다.

옛날에는 근처 초등학교에 몇백 명의 전교생이 있었지만, 그

아이들이 자라서 어른이 되어 빠져나가고, 지금은 전교생이 50명도 채 안 되는 학교가 있는 작은 마을에 우리 교회가 있다. 우리 교회는 한차례 아픔이 있었던 교회이다.

교회가 아픔을 겪으면서 함께 섬기던 성도들이 여기저기로 흩어졌기 때문이다. 교회에 누구도 원하지 않은 아픔이 생기면 승자도 패자도 없는 듯하다.

교회를 떠난 사람은 그분들대로 상처가 있고, 남아있는 분들은 그분들대로 상처가 남기 때문이다.

어제만 해도 서로 웃으며 인사하고 각 가정마다 숟가락이 몇 개인 것까지 아는 분들이 한순간에 남남이 된 것처럼 등을 돌렸으니 얼마나 마음이 아프겠는가?

하나님께서 이곳으로 인도하신 후 우리 부부를 처음 만난 성도들은 마치 오랜만에 부모를 만난 어린아이들처럼 내 눈에 비쳤다. 부모와 헤어져 있던 어린 자녀들은 부모를 오랜만에 만나면 그간 있었던 속상한 일들을 쏟아 놓는다.

"엄마! 형이 나 때렸어"

"아빠! 옆집 애가 나를 괴롭혔어! 아빠가 대신 때려줘요."

이러면서 말이다.

이제 든든한 내편이 생겼으니 그동안 받았던 설움과 억울함을, 사랑하는 부모님께 마음껏 쏟아낸다.

우리 교회 성도님들을 처음 만난 나는 딱 그런 기분이었다.

하얀 머리에 허리는 굽고 연세는 지긋한 분들께서 남편을 붙잡고 말하는 모습이 오랜만에 만난 부모님께 서러웠던 일들을 이야기하는 어린 자녀들의 모습이었다. 그 분들의 마음이 어떤 마음인지 알 것 같아서 눈물이 핑 돌았다. 내 마음속 깊은 곳에서….

'주님! 이 분들의 저 상처들을 어찌하면 회복할 수 있을까요?'

이런 기도가 깊은 곳에서 올라왔다. 하나님의 은혜로 소돌교회에 부임했지만, 여전히 풀어 나가야 할 숙제들이 산적해 있었다. 성도님들은 남편 얼굴만 보면 지나간 힘든 일과 교회를 나간 사람들에 대한 서운함을 말하였다. 그 만큼 받은 상처들이 컸기 때문일 것이다. 서로 사랑했고 함께 섬겼으며 같은 꿈을 가지고 함께 달려갔을 것이다.

하루아침에 그들에게 상처가 생겼다. 시간이 지났지만 아직도 생생하게 그날의 일들이 그려지고, 너무나 아프게 마음에 또 기억에 남아 있을 것이다.

때려서 몸이 아픈게 아니라 칼이 되어 비수를 찌르는 듯한 말들 때문이다.

모든 다툼의 시작은 작은 말들로 인한 오해로 시작해서 큰 다툼이 되는 것 같다. 이런 종류의 말들은 시간이 갈수록 걷잡을 수 없을 만큼 커져서 나중에는 무엇 때문에 다툼이 생겼는지도 모를 지경이 된다. 화를 내고 있으면서 화가 나는 이유도 모른 채 그냥 소리 지르고 화를 내는 경우도 있다.

이 글을 시작하기 전에 쓰게 된 계기에 대해 잠시 나누려 한다. 우리 가족은 지금 섬기고 있는 교회에 부임하기 전, 잠시 힘들고 어려웠던 시기가 있었다. 친정 오빠의 제안으로 개척의 꿈을 안고 전에 섬기던 교회를 사임했지만, 개척이 뜻대로 되지 않았다. 아마도 하나님의 뜻이 아닌 듯했다.

전에 섬기던 교회도 하나님의 은혜로 아름답게 성장하고 있던 터라 장로님들과 모든 성도님들의 만류하심에도 불구하고 우리 가족은 인사를 하고 이사를 나왔다. 그러나 마음처럼 개척할 교회는 계획대로 진행되지 않았다.

자꾸만 시간은 뒤로 밀려갔으며, 오빠의 말만 믿고 바로 이사가 진행될거라고 생각해 아무것도 준비하지 않은 우리들은 갑작스럽게 들어갈 집조차도 없는 신세가 되었다.

어디로 가야할지 막막했다.

난 뭔가 잘못되고 있다는 것을 그때 알았다.

하나님께 회개했다.

하나님의 뜻보다 사람의 말을 더 의지하였음을 회개했다. 우리 하나님께서는 합력하여 선을 이루시는 분이시다. 선하신 하나님께서 우리 가족에게 이 어려움을 통해서 더 풍성하게 채우신 것을 경험했고 눈으로 목도했다.

그러나 그때 당시에 우리 가족은 말 그대로 여기도 못 가고 저기도 못 가고 공중에 붕 떠있는 신세였다.

완전히 사면이 막혀있었다. 눈을 들어도 옆을 보아도 갈 곳이 없었다. 들어갈 집이 없어서 몇 개월을 모텔과 찜질방을 전전하며 바깥에서 생활해야만 했다. 걱정할까봐 다른 가족이나 어느 누구에게도 연락을 하지 않으니 더 힘들었다. 이삿짐은 그대로 이삿짐센터에 맡겨둔 채, 돈이 없어 찾지도 못하고 있었다. 더 이상 친정 오빠의 말만 믿고 기다릴 수가 없어서 고향에 비어 있는 집으로 가기로 결정한 날 한참을 울었던 것 같다.

고향으로 돌아왔지만 생활이 나아지는 건 아니었다. 당장에 보일러에 기름 넣을 돈이 없어서 다섯 식구가 차가운 냉방에서 잠을 잔 적도 있었고, 이삿짐센터 창고에 모든 짐이 묶여 있는지라 옷이 없어 한 벌을 빨아서 돌려 입었더니 이제는 낡을 대로 낡아 옷에 구멍이 나기 시작했다.

당장에 생활이 안 되니 자녀들은 다니던 학교를 모두 휴학하고 아르바이트를 해야 했으며, 나는 나대로 식당에 나가기 시작했다. 남편은 설교가 너무나 하고 싶어서 강가에 피어 있는 갈대를 부여잡고 설교를 했다는 말을 들었을 때 눈물이 앞을 가렸다. '하나님께서는 나의 기도도 듣지 않으시고, 귀를 막고 계신 듯 했다.'

그러나 정작 우리 가족을 힘들게 한건 늦어지는 개척도, 돈이 없는 것도, 갈아 입을 옷이 없어서도 아니었다. 그것은 알지 못하는 사람들이 우리를 너무 잘 아는 듯이 떠들어대는 거짓의 말들 때문이었다.

이런 헛소문은 돌고 돌아 우리들에게 비수가 되어 꽂혔고 어처구니없는 소문들은 발이 달린 것처럼 빠르게 확산되었다. 대구 말로 '누가 ~카더라(하더라)' '~카더라'는 대구지역의 사투리이다.

"그 목사님! 그 전에 섬기던 교회에서 빚을 졌다 카더라"

"그래서 도망 나왔다 카더라" 또는

"그 목사님 다단계를 해서 교회에서 쫓겨났다 카더라"

우리 가족을 향한 별별 소문들이 다 돌아다녔다. 우리의 어려운 상황을 들으신분들이 힘들어 하실까 하여 어느 누구에게도 이야기 하지 않고 연락을 끊고 지냈기 때문에 이런 터무니없는 소문은 꼬리에 꼬리를 물었다. 뜬소문들을 고향 친척이 듣고 깜짝 놀라서 우리에게 전해주었을 때 기가 막혔다.

'와~! 이래서 말로 사람을 죽일 수 있는 거구나'

연예인들이 종종 악성 댓글로 인하여 일어날 힘조차도 없을 만큼 만신창이가 되어 결국에는 자살이라는 무서운 결정을 내린 사람들도 있지 않나? 하물며 우리 가족이야 오죽하랴! 어떤 것보다 어처구니없는 말들 때문에 가장 힘들었다.

그래서 그런 소문을 낸 사람들을 일일이 찾아가서 '왜 그런 터무니 없는 소문들을 내고 다니냐'고 따져 묻고 싶었다. 본인들이 떠들어대는 그 사건에 대해 도대체 얼마나 자신할 수 있는지 되묻고 싶었다. 실컷 떠들어대며, 수군수군 대다가 '아니면 말고…' 그런 무책임한 사람들에게 너무 화가 났다.

난 우울증과 대인기피증에 시달려야 했다. 사람들이 너무 무서웠다. 누군가가 나에게 말을 거는 것조차 두려웠다. 지금 떠돌아다니는 말들이 사실이 아니라며 변론할 힘조차도 없었다. 아니 변론하기도 싫었다.

사실이 아닌 것들을 사실처럼 떠들어 대는 말들 때문에 실컷 울고 싶었다. 그러나 집에서 울면 가족이 걱정하고 마음이 아플까봐 길거리에서 참 많이 울고 다녔다. 삼일 밤낮을 잠을 못자고, 밥을 먹지 않아도 배고프지도 않고, 잠도 오지 않았다. 그 말들을 생각하면 화가 나서 누워 자다가도 벌떡벌떡 일어나서 기도했다. 너무 마음이 아팠다.

'시간이 지나면 진실은 밝혀질 거야!'

이런 너그러운 마음은 나에게서는 사치였다. 몇 년이 지난 지금도 생각하면 가슴 한 켠이 저리고 아파온다. 사람들은 때로는 보지 않은 일들도 마치 본 것처럼 사실인 양 말한다.

처음에는 '~하더라'라고 말하지만 이 말들이 한두 사람만 거치면 기정사실이 되어 '~정말 그랬대', '세상에… 사실이래'가

된다.

눈에 보이지 않는 말이지만 비수가 되어 사람을 죽일 수도, 살릴 수도 있다는 것을 그 당시에 뼈저리게 느꼈다.

말이 칼이 되어 우리 가족을 헤집어 놓았다. 우리 부부가 그 일로 인하여 다짐한 것이 있다. 우리가 보지 않은 일들은 없는 일이고 모르는 일이다.

'~카더라'는 절대로 하지 말자!

이런 일은 우리가 얼마든지 평소 생활 가운데 일어날 수 있는 일들이지 않나? 사람의 말이 얼마나 무서운지 알아야 한다. 그런 어처구니없는 일을 당하면서 다시 한번 나의 언어생활을 돌아볼 수 있는 귀한 계기가 되었다. 나 또한 다른 사람들에게 충분히 할 수도 있는 실수들이다.

'무심코 연못에 던진 돌멩이에 개구리는 맞아 죽는다'

내가 말에 관련된 책을 쓰기로 작정한 중요한 계기가 된 사건이기도 하다. 당시에 우리 가족들은 절대로 하지 않는 말이 있다. 상황이 너무 힘들다 보니 저절로 짜증이 나고, 가만히 있어도 화가 날 때가 불쑥불쑥 솟구쳐 올랐다.

다행이 감사하게도 어려움이 닥치기 몇 년 전에 우리 가족들은 말의 권세와 비밀에 대해서 하나님께서 알게 해 주셨다. 그래서 마음속으로는 수만 가지의 부정적인 생각들이 자리 잡고 있었지만, 절대로 입 밖으로는 내지 않았다.

'당장에 아이들 학교는 어떻게 하지?'

'우리가 섬길 수 있는 교회는 있을까?'

'이삿짐은 어떻게 찾을까?'

이런 다양한 부정적인 생각들이 나를 사로잡을 때면 오히려 긍정적인 말들을 선포했다.

'하나님께서는 날마다 최상의 좋은 것을 주신다.'

'지금 우리가 있는 그곳이 최상의 좋은 곳이다.'

'하나님께서는 합력하여 선을 이루신다.'

'분명히 잘 될 것이다'

환경은 나아지진 않았고, 그래도 나는 기도하면서 매달리지만, 하나님께서는 귀를 막으시고 기도를 듣지 않으시는 것 같을 때도 있었다.

마음껏 부르짖어 기도하고 싶은 데 기도할 자리가 없는 것 또한 슬프고 기가 막힌 일이었다. 또 때때로 일어나는 부정적인 생각들은 피할 수 없었다. 당연히 그 생각들 때문에 힘들고 낙담이 오기도 했었다. 그럴 때마다 우리가족은 부정적인 말들을 마음속으로 '꿀꺽' 하기로 했다.

입 밖으로 쏟아내지 말자는 말이다. 왜냐하면 부정적인 말이든 긍정적인 말이든 모든 말은 하나님께서 듣고 계시며, 들으시고 그대로 하시겠다고 하지 않으셨나?

"그들에게 이르기를 여호와의 말씀에 내 삶을 두고 맹세하노라 너희 말이 내 귀에 들린 대로 내가 너희에게 행하리니"(민 14:28)

이 말씀을 신뢰함으로 부정적인 생각이 들면 그대로 꿀꺽 삼키고 긍정적인 말들을 선포하기로 결심했다. 부정적인 말들은 속으로 삼켜 버리자.

환경을 돌아보면 낙담이지만, 하나님 앞으로 나아가면, 다시 기쁨을 회복시키셨다. 그렇게 하나님을 바라보는, 긍정적인 말과 생각이 우리 가족을 다시 하나님로 나가게 만들었다. 우리 가족은 하나님께 더 집중했고, 더 가까이 나아갔다. 그리고 더 큰소리로 하나님을 신뢰함으로 약속의 말씀을 선포했다.

사탄은 우리의 생각을 알지 못한다. 우리의 마음과 생각을 아시는 분은 오직 하나님뿐이시다.

"여호와께서 하늘에서 굽어보사 모든 인생을 살피심이여 곧 그가 거하시는 곳에서 세상의 모든 거민들을 굽어살피시는도다. 그는 그들 모두의

마음을 지으시며 그들이 하는 일을 굽어살피시는 이로다"(시편 33:13~15)

사탄은 우리의 생각 가운데 부정적인 생각들, 낙담, 절망, 분리, 음란, 욕심, 거짓말… 등 다양한 불화살들을 끊임없이 던진다. 우리의 생각 가운데 일어나는 부정적인 생각들은 우리 삶 가운데 효력을 발생하지 못한다.

그러나 사탄이 던지는 그 부정적인 생각에 효력을 발생하게 만드는 것이 바로 '말'이다.

내 속에 일어나는 부정적인 생각에 맞추어서 부정적인 말들을 쏟아내면, 결국에는 우리의 삶이 그 부정적인 말의 영향을 받게 된다.

부정적인 말을 하는 순간 사탄의 불화살에 법적 효력이 발생하도록 도장을 '쾅' 찍어주는 격이 되는 것이다.

나의 그 부정적인 말들은 제일 먼저 내가 들으며, 또 내가 처해있는 환경이 듣는다. 그 선택은 바로 우리 자신의 손에 있다.

하나님께서는 독생자이신 예수그리스도를 십자가에 죽이시기까지 하시면서 이 세상가운데 죄로 인한 모든 저주와 올무를 끊으시고, 우리가 행복하기를 원하신다.

"그리스도께서 우리를 위하여 저주를 받은 바 되사 율법의 저주에서 우리를 속량하셨으니 기록된 바 나무에 달린 자마다 저주 아래에 있는 자라 하였음이라. 이는 그리스도 예수 안에서 아브라함의 복이 이방인에게 미치게 하고 또 우리로 하여금 믿음으로 말미암아 성령의 약속을 받게 하려 함이라"(갈라디아서 3:13~14)

하나님의 생각은 절대로 부정적이지 않다. 하나님께서 주시는 마음은 단 한 번도 우리를 우울하거나 두렵게 만들지 않는다. 우리는 우리 마음속에 일어나는 수만 가지의 생각들 가운데 하나님의 것인지, 사탄의 불화살인지 분별할 필요가 있다.

아무것이나 마음에 품지 말아야 한다. 정신을 똑바로 차려야 한다. 우리는 모두가 원하든 원하지 않던 영적인 전쟁 중이다. 눈에 보이지 않는다고 해서 우리의 마음과 생각을 아무렇게나 방치하지 말아야 한다.

부정적인 것들을 우리의 마음에 허용하지 말아야 한다. 사탄은 우리를 계속해서 부정적인 생각과 말들로 충동질하여 망하는 곳으로 끌어가고자 한다. 마귀가 하나님의 사람들을 사로잡는 방법은 바로 부정적인 생각이다.

부정적인 생각은 부정적인 말로 나오게 되어 있다. 마음에 무엇을 품느냐와 어떤 생각을 하느냐가 중요하다. 우리는 눈에 보이는 외모는 좀 더 예쁘고, 멋지게, 좀 더 젊어보이게 하기 위해 관리하고 가꾼다. 간단한 외출을 할 때도 거울을 보며 단장한다.

그러나 나의 마음은 어떻게 관리하고 있는가? 전혀 관리 하지 않고 그냥 무방비 상태로, 무분별하게 받아들이고 있진 않는지…, 눈에 보이지 않는 마음과 생각이기 때문에 나의 것이라고 착각한다. 아무런 효력이 없을 것이라고 여겨버린다. 아무도 모를 것이라고 생각하며 두려워하지도 않고 조심하지도 않는다.

사탄이 던지는 수만 가지의 부정적이고, 더러운 것들, 교만하며, 나 중심적인 것들을 그냥 무방비 상태로 다 받아들인다.

짜증나는 생각이 들면 짜증내는 말로,

화가 나는 생각이 들면 화를 내는 말로,

분노의 생각이 들면 분노의 말들로,

나 보다 못하다는 생각이 들면 무시하는 말로,

이렇게 말로써 쏟아내어 버린다.

하나님의 사람들은 하나님이 주시는 마음을 품어야 한다.

하나님의 사람들은 하나님이 주시는 생각을 품어야 한다.

이것이 바로 하나님의 사람으로 승리하는 비결이다.

생각이 먼저다.

마음에 어떤 생각을 품느냐가 내 입술에서 어떤 말을 할 것인지 결정 난다.

"마귀가 벌써 시몬의 아들 가롯 유다의 마음에 예수를 팔려는 생각을 넣었더라"(요한복음 13:2)

마음의 생각으로 마귀는 우리를 충동질한다. 가룟 유다에게 예수님을 팔 생각을 마귀가 넣어 주었다. 가룟 유다가 그 부정적인 생각을 선택함으로 부정적인 말을 하게 된다.

"열 둘 중에 하나인 가룟 유다가 예수를 넘겨주려고 대제사장들에게 가매"(마가복음 14:10)

사탄의 부정적인 생각을 선택한 유다는 대제사장들을 찾아가서 예수님을 팔겠다는 부정적인 말을 쏟아놓게 된다.

"인자는 자기에 대하여 기록된 대로 가거니와 인자를 파는 그 사람에게는 화가 있으리로다 그 사람은 차라리 태어나지 아니하였더라면 제게 좋을 뻔하였느니라"(마태복음 26:24)

'예수님께서는 유다가 아예 이 땅에 태어나지 않는 것이 더 좋았을 것이다.'라고 말씀하신다.

사탄은 우리에게도 순간순간 분초마다 수천, 수만 가지의 부정적인 생각들로 우리를 멸망의 길로 끌고 가려한다.

우리를 죽이려 한다. 마귀의 생각을 받아들이며 말하는 순간 우리를 도적질하며, 죽이게 될 것이다.

"도둑이 오는 것은 도둑질하고 죽이고 멸망시키려는 것 뿐이요"(요한복음 10:10상)

그러나 하나님께서는,

"내게 주신 은혜로 말미암아 너희 각 사람에게 말하노니 마땅히 생각할 그 이상의 생각을 품지 말고 오직 하나님께서 각 사람에게 나누어 주신 믿음의 분량대로 지혜롭게 생각하라"(로마서 12:3)

'완전하신 하나님을 신뢰함으로 믿음의 생각을 하라.' 하신다. '믿음의 생각은 예수님께서 십자가에서 우리 죄를 대속하시고 우리 인생의 모든 저주와 올무에서 자유케 하셨다.'는 것을 믿는 믿음이다.

우리의 행복을 위해 예수님께서 대가를 지불하셨다는 것을 믿는 믿음이다. 그러므로 나는 당연히 행복할 권리가 있다는 것을 믿는 믿음이다. 우리는 하나님께서 함께 하심으로 승리할 수 있다는 것을 믿는 믿음이다.

하나님께서는 이런 생각들을 마땅히 품으라고 말씀하신다. 당연히 누리라고 말씀하신다.

이를 위해서도 예수님이 십자가에서 죽으시고 부활하셨다. 나의 마음과 생각 가운데 믿음의 생각을 품으며 하나님께서 주시는 생각으로 말해야 한다. 나오는 대로 아무 말이나 하지 말아야 한다.

내 속에서 분별하여 걸러져서 말 할 수 있는 훈련을 해야 한다. 말하는 것에 승리해야 예수님의 십자가의 승리가 우리 것이 될 수 있는 것이다.

"보혜사 곧 아버지께서 내 이름으로 보내실 성령 그가 너희에게 보내실 성령 그가 너희에게 모든 것을 가르치고 내가 너희에게 말한 모든 것을 생각나게 하시리라"(요한복음 14:26)

하나님의 음성은 우리의 생각을 통하여 들려주신다. 이 생각은 말이 되어 우리 삶 가운데 큰 영향력을 행사하게 될 것이다. 그러므로 하나님의 뜻을 분별하며 하나님께 속한 믿음의 말을 하기 위해서는 먼저 믿음의 생각을 선택해야 한다.

말은 대단히 중요한 권세와 우리가 미처 알지 못하는 신비한 능력들이 숨어있다. 생각하는 것이 그대로 말이 되어서 우리 삶에 영향을 미친다.

나에게는 두 명의 딸이 있다. 난 '둘만 낳아 예쁘게 잘 키워야지'생각했다. 세 명의 자녀는 한 번도 생각해 본 적이 없다. 그런데 언젠가부터 새벽예배 시간에 기도하면, 다른 기도를 하다가도 갑자기 나의 입술이 '하나님! 아들 주세요' 이렇게 기도하는 것이 아닌가?

정말로 그때는 나의 의사와 상관없이 내 입술이 그냥 움직여서 그렇게 기도가 되었다.

성령께서는 우리의 기도를 도우시고 또 우리의 기도를 바꾸시기도 하신다. 그걸로 끝나지 않고 '하나님, 아들을 주시면 우리 어머니께 기쁨이 되겠습니다.'

또 '하나님께서 임신케 하시면 그 아기가 아들인줄 믿겠습니다.' 이렇게 기도하고 있는 것이다. 다른 기도를 하다가도 나도 모르게 갑자기 이렇게 기도하고 있다.

그러면 난 입술을 톡톡 때리면서 '아니에요 하나님 아들 필요 없어요. 그냥 하나님께서 주신 딸 둘만 잘 키울게요'

이렇게 기도했다. 그러나 하나님께서는 아들 달라는 기도를 그 이후로도 계속 시키셨다.

아무리 내가 하지 않으려고 해도 기도의 자리만 앉으면 그렇게 기도를 하게 하셨다.

하나님께서는 나에게 아들 달라는 기도를 딱 한 달 시키신 후 정말로 임신하게 해주셨다.

시어머니께서 잠깐 우리 집에 다니러 오셨기에 조심스럽게 여쭈어 보았다.

"어머니, 혹시 저희 가정에 아들 달라고 기도하고 계신가요?"

그랬더니 어머니께서 살짝 웃으시면서,

"그래 너한테 이야기 하면 괜히 부담 가질까봐 하나님께 아들 달라고 기도만 하고 있었다." 이렇게 말씀하신다.

하나님께서 우리 어머니의 기도를 들으시고 나에게 기도로 준비시키신 것이었다.

'하나님, 임신케하시면 아들인줄 믿겠습니다.'

이렇게 기도했으니 태중에 있는 아기는 100% 아들이라 생각했다. 그러나 주변에 어른들께서,

"배 모양이 딸 같은데…"

교회 집사님들께서는 위에 딸 둘이 있으니 걱정하는 말들을 한다.

"아이고, 저 집에 또 딸을 낳으면 딸이 셋이 되잖아"

"아들 낳으면 좋겠는데 그게 맘대로 되나?"

많은 분들이 "딸이에요? 아들이에요?" 라고 물어 본다.

나는 그때마다 분명하게 말한다.

"아들이에요"

내가 아들을 낳고 싶어서 그런 것이 아니라 하나님께 기도하면 그 기도에 응답하시는 하나님을 신뢰했기 때문에 자신있게 대답했다. 그러면 친정엄마는, "애야 그러다 딸 낳으면 어쩌려고 그렇게 자신 있게 말하고 다니냐. 아직 잘 모르겠다."고 말

하라며 걱정을 한다. 그러면 난 더 분명하게 말했다.

"엄마, 하나님께 기도하기를 임신하면 아들인줄 알겠다고 기도했잖아요. 그러니 임신했으니 당연히 아들이죠"

그런데 정작 나의 마음 깊은 곳에서는 걱정이 있었다.

'이러다 정말로 딸을 낳으면 어쩌지? 내가 너무 큰소리 친 건아닌가?(사실 딸이어도 상관은 없었다) 아들 임신한 사람들은 파랑색 옷이 예뻐 보인다하는데, 난 핑크색, 빨강색 이런 색깔의 옷들이 예뻐 보이는데 어쩌지?'

이렇게 나에게도 기도한 것과 반대의 생각들이 스멀스멀 올라왔다. 그럴 때마다 단 한 번도 하나님께 기도한 것과 맞지 않은 생각들을 입 밖으로 내진 않았다.

무조건 '지금 임신한 자녀는 하나님께서 아들을 주셨습니다' 오히려 더 자신 있게 말했는데 다른 사람들에게 들으라는 말은 아니었다. 나 자신에게 하는 말이었다.

나 자신에게 '환경을 보며 상황을 보며 두려워하지마! 걱정하지마! 오히려 하나님의 약속하심을 신뢰하라.'는 격려의 말이었다. 하나님의 은혜로 주신 그 아들이 지금 23살이 되었다. 하나님께서는 하나님을 신뢰하는 우리의 말을 듣고 일하신다.

한 가정의 큰 며느리이며, 나와 같이 두 명의 딸을 키우고 있는 집사님이 있었다. "아랫 동서가 첫 아기로 아들을 낳으니 시부모님께서 큰 며느리인 집사님을 무시한다."면서 너무 힘들다고 하였다.

"그러나 셋째를 낳는다고 해서 아들이라는 보장이 없으니 어찌해야 좋을지 모르겠다."고 하였다. 난 나에게 베풀어 주신 하나님의 도우심에 대해 말했다.

"집사님도 똑같은 방법으로 하나님께 기도하며 준비해보세요. 그러나 지켜야 될 건 부정적인 생각이나 두려운 생각들이 올지라도 절대로 입 밖으로 내지 마세요. 마음과 생각 가운데 올라오는 부정적인 생각을 수용하지 마세요."

정말로 하나님의 은혜로 그 가정에도 아들을 선물로 허락하셨다. 꼭 이것이 기도응답의 공식은 아니지만, 분명한건 하나님께서는 우리의 말을 듣고 일하신다는 것이다.

"그들에게 이르기를 여호와의 말씀에 내 삶을 두고 맹세하노라 너희 말이 내 귀에 들린대로 내가 너희에게 행하리니"(민수기 14:28)

우리가 너무나 잘 알고 있는 말씀에도 이스라엘 백성들 중 가나안 땅을 정탐한 10명의 정탐꾼 중에 긍정적인 말을 한 여호수아와 갈렙 두 사람만이 가나안 땅에 들어갈 수 있었다.

가나안 땅에 정탐꾼으로 보낸 사람들은 아무나 보내지 않고, 분명히 믿음이 좋고 신실한 사람들만 뽑아서 보냈을 것이다. 그럼에도 정탐한 대부분의 사람들은 하나님을 신뢰하기 보다는 환경을 보며 상황을 보며 부정적인 말들을 쏟아내기 시작했다.

우리 삶도 마찬가지다. 우리가 정신 똑바로 차리지 않으면 환경가운데, 상황가운데 날아오는 사탄의 부정적인 불화살들을 분별할 수가 없다.

하나님을 신뢰하기 보다는 당장에 눈앞에 있는 어려움과 문제만 보고 낙심하여 불평의 말들을 쏟아내게 된다.

우리는 할 수 있다면 부정적인 말들을 '꿀꺽'해서 오히려 하나님을 신뢰하는 말들을 선포해야 한다.

그리할 때 하나님의 기적을 만날 수 있다. 이것이 바로 하나님께서 우리에게 허락하신 하나님의 자녀로서 승리의 삶을 누리는 비결이다. 그렇게 우여곡절 끝에 우리 가족은 놀라우신 하나님의 섭리 가운데 지금의 교회에 부임하게 되었다.

하나님께서 이곳에 보내신 후 남편은 거의 6개월간 다른 내용의 설교를 할 수가 없었다.

'오직 하나님의 마음으로 사랑하고 용서하고, 이해하시라'는 설교만 하였다.

교회가 나누어지고, 아픔을 겪으면서 흩어진 성도들도, 남아있는 성도들도 모두가 상처 투성이었다.

예수님의 마음은 더 찢어지셨을 것이다. 성도들의 표정은 너무나 어두웠으며, 심방을 가면 지나간 과거의 아픔들을 이야기하기 바빴다. 교회 안에 남아있는 성도들 간에도 서로 상처가 너무 커서 또 다른 무언가를 수용하기에는 마음이 완전히 닫혀 있었다. 그러던 어느 날 남편은 폭탄 발언을 하였다.

"이제 저희 부부를 만나서 교회 내의 지나간 부정적인 이야기는 듣지 않겠습니다. 하나님께서 우리에게 맡기신 사명이 우리가 가진 문제들보다 더 크기 때문입니다. 더 이상 부정적인 이야기는 듣고 싶지 않습니다."

그 후 얼마 지나지 않은 가을에 우리 교회에서는 행복누리 언어학교를 시작하였다.

행복누리 언어학교란, 말 그대로 예수님께서 우리의 죄를 대신하여 십자가에서 죽으시고 우리의 모든 저주와 올무가 끊어졌으므로 우리는 예수님 보혈의 능력으로 이 땅에서 마땅히 행복을 누릴 자격이 주어진 사람들이다.

하나님께서는 우리가 행복하기를 원하신다. 예수님께서 대가를 지불하시고 우리에게 허락하신 그 행복을 우리의 삶 가운데서 누리자는 의미에서 행복누리 언어학교이다.

전에 섬기던 교회에서도 행복누리 언어학교를 진행했었다. 그 때 한 장로님의 잊지 못할 간증이 아직도 생생하다.

행복누리 언어학교를 시작한 후 첫 시간부터 12주 과정이 끝날 때까지 장로님은 거의 매주 맨 앞자리에 앉으셨다. 은퇴 장로님이셨는데 자녀들도 신앙 안에서 훌륭하게 양육하셨다. 그럼에도 장로님은 "제가 이 행복누리 언어학교를 조금만 더 일찍 알았더라면, 자녀들을 그렇게 상처주면서 키우지 않았을텐데…, 너무 후회가 됩니다. 사모님!" 하면서 매주 눈물을 훔치셨다. 연로하신 장로님께서 어린 사모에게 할 수 없는 고백을 하는 것을 보면서 장로님이 더 존경스러웠다.

나는 우리나라 대부분의 가정이 그렇듯이 권위적인 아버지와 순종적인 어머니 밑에서 특별한 어려움 없이 다복한 가정에서 평범하게 자랐다. 우리 집은 서로간에 대화가 많이 없는 집이었다. 말수가 적고 묵묵한 부모님이었기에 "사랑한다. 넌 잘할 수 있어. 최고야"라는 다양한 긍정적인 말들을 듣지 못하고 자랐다.

내 기억 속의 아버지는 사랑한다는 감정보다 무서운 아버지, 어려운 아버지로 자리잡고 있다.

다섯 형제 중에서 넷째였던 나에게 특별히 아버지가 큰 소리로 야단을 치거나 회초리를 친적도 없는데 난 왜 그렇게 아버지가 무서웠는지 모르겠다.

아마도 위에 오빠들에게 엄하게 대하는 모습을 보면서 자라 지레 겁 먹은게 아닌가 싶다. 이런 아버지이다보니 당연히 아버지와 도란도란 이야기를 나누는 시간도, 아버지와 손을 잡고 걸어본 기억도 없다. 이런 것이 아버지가 돌아가신 후에 가장 많이 후회가 되었던 부분이다. 지병으로 병원에서 돌아가신 후에 침대위의 아버지 손을 잡으면서 아버지의 손가락이 이렇게 두꺼웠는지 그 때 알았다.

'난 왜 이 손을 잡기가 그렇게 어려웠을까?'

거실에서 가족들이 다 함께 모여서 TV를 보다가도 퇴근하는 아버지의 자동차 소리가 들리면 썰물 빠지듯이 각자의 방으로 들어가 버린다. 아버지는 우리가 잘 되라고 하는 훈계지만, 우리의 입장보다는 일방적이고 권위적인 말들에 점점 아버지를 향한 마음이 닫혀 버렸던게 아닐까?

시간이 지나고 보니 '우리 아버지는 얼마나 외로웠을까? 또 얼마나 우리들과 도란도란 이야기 하고 싶었으며, 함께 웃으며 TV를 보고 싶었을까?'라는 생각이 든다. 이제 아버지의 나이와 가까워지면서 그분의 마음이 헤아려진다.

아버지에게 또 내 사랑하는 형제들에게 '사랑한다. 아버지 당신이 최고입니다. 어머니 감사합니다. 오빠, 언니가 있어서 난 참 행복한 사람이야' 이런 말들을 왜 가슴에만 묻어둔 채 표현하지 못했는지 너무나 후회스럽다.

아마도 권위적이고 남아 선호 사상이 강한 우리나라의 많은 가정들이 나와 같은 고민을 하고 있을 것이다.

표현하지 않는 사랑은 사랑이 아니다.

말로 표현하지 않으면 누구든지 어떤 좋은 마음을 가졌는지 알 길이 없다. 저 사람이 나를 얼마나 사랑하고 있는지 알 수가 없다. 표현해야만 나도 살고 주변을 살릴 수 있다. 이렇듯 행복누리 언어학교는 그동안 마음속에만 가지고 있던 사랑의 말들을 표현해보자는 프로그램이다.

우리의 말이 달라지면 마음의 상처도 치유가 되고, 가정이 달라지며, 자녀와 교회가 달라짐을 경험하게 된다.

12주 과정으로 이루어지며 매주 한가지의 주제를 가지고 나누며, 또 가정에 돌아가서 적용하는 순서로 진행된다.

'말이라는 것이 하루아침에 내가 바꿔야지'라고 해서 바꿔지는 것이 아니다.

'난 이제부터 긍정적인 말들만 할거야!' 하더라도 작심삼일로 끝날 때가 많다. 끊임없이 관심을 가져야 하며, 지속적으로 바꾸려고 노력해야 한다.

작심삼일이 되지 않기 위해서 어떻게 하면 지속적으로 긍정적인 말들을 할까?라는 생각에서 만들어진 것이 바로 행복누리 언어학교이다.

드디어 시작

강원도의 하늘은 더 푸르른 듯하다.

그 하늘빛을 다 담지 못할 만큼 동해바다는 옥빛에 가깝다.

파도는 살아있듯 춤을 춘다.

맑고 청명한 가을에 드디어 행복누리 언어학교 첫째 주가 되었다. 낮 예배 광고시간에,

"성도 여러분! 오늘부터 점심 식사하신 후에 1시부터 행복누리 언어학교가 시작되니 모두 참석 부탁합니다."라고 남편이 광고하니 성도님들께서,

"행복누리 언어학교?"

"처음 들어보는 말인데?"

대부분의 성도님들이 궁금해 한다.

그러나 2시에 바로 오후 예배 시작해야 하는데 "너무 바쁘지

않느냐."라고 말하는 분도 있지만, 새로 온 목사님께서 처음으로 시작하는 프로그램이고 사모가 인도한다며 특별히 광고해서 "부탁드린다" 하니 궁금함 반, 순종함 반으로 몇 분 안 되는 성도님들 거의가 참석하였다.

"짜잔, 여러분! 행복누리 언어학교 1기에 오신 여러분들 환영합니다. 회비는 만 원이며, 이 회비는 우리가 모일 때 간식 비용으로 쓸 거예요. 그리고 결석자 관리와 간식 준비하실 총무님 한 분 뽑아주세요." 했더니 열심 있는 권사님 한 분이 자진해서 해보겠다며, "앞으로 결석하는 사람은 회비를 10배로 내라."고 애교섞인 엄포를 놓으신다.

이렇게 해서 드디어 우리 교회에서 행복누리 언어학교가 시작되었다. 지금부터 우리 교회 행복누리 언어학교에서 일어난 일들을 잠시 나누려 한다.

"여러분, 제 말을 잘 들어 보세요. 제가 재미있는 이야기 하나 들려 드릴게요."

어른들께서 어린 사모가 무슨 말을 하나 싶어 집중하신다. '시골 어느 한 교회에 가난한 할머니 집사님이 계셨대요. 이 할머니 집사님께서 추운 겨울에 돈이 없어서 보일러도 안 되는 집에서 사셨대요. 그래서 방바닥은 냉골이고, 그냥 전기장판을 켜고 사시니 얼마나 추우셨겠어요. 어느 날 바람이 많이 불고 유난히 추운 날이었어요. 그 교회 목사님께서 혼자 춥게 계시는 할머니 집사님이 걱정이 되어 심방을 가셨어요. "아이고, 목사님, 날씨도 추운데 여기까지 어떻게 오셨어요? 추우니 어서 들어오세요."라며 목사님의 팔을 잡고 집안으로 들어가십니다.

"목사님, 잠시만 앉아 계세요. 커피 가져 올게요." 하시는데 목사님께서 "괜찮으니 여기 앉으세요."해도 할머니 집사님께서는 "귀한 목사님께서 집에 오셨는데 어찌 아무것도 안 드리냐?" 하시면서 한사코 부엌으로 나가셨어요.

그런 집사님을 뒤로 하고 목사님께서는 집안 여기저기를 둘러 보셨어요.

창문은 어디가 깨진 곳이 없는지, 또 전기장판은 잘 되는지 살펴보시던 중에 깨진 창문에 붙여 놓은 이상한 종이가 눈에 들어와 그것을 유심히 보고는 목사님께서 깜짝 놀라셨어요.

"집사님, 집사님, 빨리 들어와 보세요."

목사님께서 커피 준비를 하고 계시는 집사님을 빨리 들어오시라고 하시자 할머니 집사님은 "아이고, 목사님 다 됐으니 조금만 기다리세요. 지금 목사님 커피 드리는게 더 중요해요."

"집사님, 지금 지금 커피가 문제가 아니예요. 일단 들어와 보세요."

목사님의 재촉에 할 수 없이 할머니 집사님께서 들어오셔서 목사님 옆으로 오셨어요.

"집사님, 저기 깨진 창문에 붙어 있는 저 종이가 무슨 종이예요?"

그러자 할머니 집사님께서는 그 종이를 보고 별 대수롭지 않게 말씀하셨어요.

"아!~ 저 종이… 별것 아니예요. 옆집 할아버지가 돌아가셨는데, 병원에 계실 때 자식들은 멀리 외국에 있고 마땅히 돌봐줄 사람이 없어서 제가 가서 돌봐 줬어요. 그랬더니 돌아가시기 전에 내 손에 뭔가를 쥐어줘서 봤더니 그 종이예요. 죽기 전에 고생했다고 돈이나 좀 주고 갈 것이지 돈은 아니고 아무 필요도 없는 웬 종이 쪽을 주나 싶어서 버리려다가 그래도 할아버지가 불쌍해서 버리지도 못하고 창문이 깨지려해서 거기다 붙여 둔 거예요."

그러자 목사님께서 "집사님! 저게 뭔지 아십니까? 저건 수표예요. 돈이란 말입니다. 저 돈만 있으면 집사님께서 이 추운 날 이런 집에서 이렇게 고생하지 않으셔도 될 만큼 큰 돈이예요.'"

이렇게 이야기 해드리자 성도님들이 "하하하하" 책상을 치며 박장대소 한다.

굳은 얼굴들이 펴지면서 웃으니 한결 내 마음이 편안해진다.

어느 권사님께서, "세상에 돈을 몰라보고 창문 깨진 곳에 붙여 놨단 말이야. 하하하 희한한 사람도 다 있네." 하신다.

할머니 집사님께서는 태어나서 수표라는 것을 처음 보셨고, 그러셔서 아마도 그것이 돈인 줄 모르셨을 것이다.

그러니 그 할아버지와의 정이 있어서 차마 버리지는 못하고 그나마 깨진 창문 붙이는 용도로 사용하였을 것이다.

이렇듯 우리 모두가 날마다 쓰고 있고, 하루에도 수십 수천 마디의 말을 하면서도 하나님께서 주신 그 말들의 권세와 비밀과 능력에 대해서 알지 못한다.

그러하니 주고 받는 말에 대해 기대감도 없고 그냥 그저 그렇게 의사소통 정도로만 생각한다.

그렇지 않다. 하나님께서는 이 말 속에 놀라운 하나님의 능력과 비밀을 주셨는데 우리는 알지 못해서, 듣지 못해서 그 말의 신비함을 경험하지 못하고 살고 있다. 또 하나님께서 주신 말의 권세를 누리지도 못하고 있다.

우리나라의 한 기독교연구소 통계자료에 보면 나에게 가장 상처를 많이 준 사람이 누구냐 라는 질문에, 1위 아버지, 2위 어머니, 3위 형제자매, 4위 직장 동료 순으로 되어 있는 것을 본 적이 있다.

이게 무슨 말인가?

결국에는 가장 상처를 많이 주고, 받는 순위 1, 2, 3위는 모두 가족이라는 말이다.

이 땅에서 하나님께서 붙여주신 가족들끼리 생각으로는 '사랑한다'는 말을 더 해 주어야지, '아무것도 아닌 일에 화 내지 말아야지' 다짐, 다짐 또 다짐을 하는데도 오늘도 우리는 또 실수하고 후회를 한다.

서로 마땅히 사랑하기에도 시간이 아까운데 왜? 우리는 가족이 만나면 상처를 주고 받는 것일까?

마음으로는 '괜찮다'라고 말해주고 싶은데, 겉으로 표현은 오히려 반대의 말을 해서 더 마음을 아프게 하는 경우가 종종 있다. 우리는 왜 마음과 반대로 말을 하는 것일까? 또 때로는 성도들 간에도 화가 날 일도, 큰소리 칠 일도 아닌데, 마음과 상관없이 아무것도 아닌 일에 참지 못하고 그냥 뱉어 버리는 말들로 인하여 결국에는 상처를 주고받아서 교회를 떠나기도 하며 서로 마음을 아프게 한다.

이 모든 것이 바로 훈련되어지지 않는 언어생활 때문이다. 말의 능력과 권세를 모르고 함부로 내뱉어 버리는 이 말 때문이다. 내가 하는 이 말 때문에 마음 아파할 것을 알면서도 우리는 그냥 말을 할 때가 종종 있다. 그리고 후회한다. 다시는 그러지 말아야지 하면서도 언제 또 그랬냐?는 듯이 우리는 또 상처 주는 말을 하고 만다. 그런 갖가지의 말들이 때로는 어렸을 때 들은 어떤 말로 인하여 어른이 되면서 트라우마가 되기도 한다. 어떤 말 때문에 부정적인 자아상이 생겨서 더 이상 앞으로 나아가지 못하는 상황이 생기기도 한다.

또 이 말 때문에 긍정적인 잠재력이 없어지기도 한다.

'난 못 할 거야'

'난 항상 못한다는 말을 들었어'

'내가 해내지 못하는 것은 당연한 결과야'

'난 원래 그래'

'어릴 때부터 그랬어'

이런 말들로 인하여 어른이 되어서도 유아적 사고를 탈피하지 못하는 사람들도 있다.

우리는 내가 받은 부정적인 말을 자녀들에게 대물림하고 있다. 말이 바뀌지 않으니 내가 받은 상처 그대로 자녀들에게 상처를 주게 된다. 그렇다면 우리가 말을 통하여 받은 상처들을 치유하고 회복할 수 있는 방법이 있을까?

부정적인 말을 들어서 생긴 부정적인 자아상은 긍정적인 말을 통하여 회복시킬 수 있다. 이것이 바로 하나님의 비밀이며 은혜이다.

말의 비밀

그렇다면 말은 하나님의 창조물일까? 아니면 태초부터 하나님과 함께 있었을까? 말은 하나님께서 만물을 창조하실 때부터 하나님과 함께 있었다.

'빛이 있으라 하시매 빛이 있었고'

하나님께서 태초에 말씀으로 창조하신 그 빛은 지금도 존재한다.

공허한 땅 가운데 하나님께서 천지를 창조하실 때 말씀을 통하여 창조하셨다.

말씀을 통하여 모든 만물을 창조하시고, 또 말씀을 통하여 세상을 지으셨다. 말은 하나님과 함께 있었으며 하나님의 속성이다. 말은 하나님의 본체이시다. 또 말은 모든 피조세계를 지배하는 권능이 있다.

"여호와 하나님이 땅의 흙으로 사람을 지으시고 생기를 그 코에 불어 넣으시니 사람이 생령이 되니라"(창세기 2:7)

하나님께서 흙으로 사람의 형태를 지으셨다. 그러나 하나님께서 흙으로만 인간을 지으신 것은 아니다. 흙으로 사람을 만드신 후 그 흙에다가 생기를 불어 넣으신 것이다.

생기는 하나님의 영이다. 하나님의 영이 흙으로 만든 사람에게 들어가자 사람은 생령이 되었다.

"여호와 하나님이 흙으로 각종 들짐승과 공중의 각종 새를 지으시고 아담이 무엇이라고 부르나 보시려고 그것들을 그에게로 이끌어 가시니 아담이 각 생물을 부르는 것이 곧 그 이름이 되었더라"(창세기 2:19)

하나님께서 동물과 각종 새들도 사람처럼 흙으로 창조하셨다. 그러나 그 코에 생기를 불어넣은 것은 오직 사람밖에 없다. 하나님은 영이신데 하나님께서 사람에게 생기를 불어넣으셔서 생령이 되었다 함은 사람이 영적 존재가 되었다는 말씀이다. 이것은 사람이 하나님의 형상이라 말할 수 있는 근거가 된다. 하나님의 영이 사람의 속에 들어올 때 당연히 하나님의 속성이 함께 들어왔다.

여러 가지 하나님의 속성 중에 하나가 우리의 말이다. 하나님께서 사람에게 이 땅을 맡기시면서 생육하고 번성하고 땅에 충만 하라 하시고 또 모든 만물을 다스리라 하셨다. 우리가 하는 말을 통하여 만물을 다스리며 지배하는 권세를 주셨다.

대구에서 부교역자 시기에 파동의학자 에모토 마사루의 『물은 답을 알고 있다』라는 책을 읽은 적이 있다.

저자인 에모토 마사루는 하늘에서 내리는 눈의 결정은 하나하나가 모두 다르다는 사실에 착안해 '물의 결정들도 모두 다르지 않을까?'하고 현미경으로 그 사진들을 찍기 시작했다고 한다. 자연수와 수돗물, 전자레인지에서 가열한 물 등에서 보이는 차이에 놀라, 호기심에 음악을 들려주고 찍어보고, 글자를 보여주고 찍어보았더니 놀라운 결과를 나타내었다고 한다. 물의 결정들이 음악에 따라, 말에 따라, 글자에 따라, 다른 결정을 보여준 것이다.

자연에 가까운 물은 아름다운 결정을 보여 준 반면 인위적으로 처리된 물은 결정이 거의 보이지 않는다고 한다.

음악도, 글도, 긍정적이었을 때와 부정적이었을 때는 사뭇 다른 모습이다.

사랑, 감사를 보여준 물은 아름다운 육각형의 완전한 결정을 보여주며, 바보, 멍청하다, 악마라는 글자를 보여준 물은 물의 결정이 깨어지고 흩어졌다고 한다.

우리의 몸은 70%가 물로 되어 있으며 사람은 태어날 때는 몸의 90%, 성인이 되어서는 70%, 죽을 때가 되면 50%가 된다고 한다.

그렇다면 당연히 우리 몸의 70%로 되어 있는 이 물들도 다양한 말들을 보고, 들으면 결정체가 달라질 수 있다는 말이 된다. 어떤 말을 듣고 말하느냐에 따라서 나의 환경이 또 나의 몸이 달라질 수 있다.

이것은 하나님께서 우리에게 주신 말에 우리가 알지 못하는 놀라운 권세와 능력이 있기 때문이다.

미국 연방수사관 학교 클레브 백스터 교수가 학생들에게 거짓말 탐지기 사용법을 강의하던 중에 무심코 책상위에 있는 화분에 거짓말 탐지기를 연결해 보았다. 거짓말 탐지기를 연결한 상태에서 화분에 물을 주는 실험을 해 보았다.

아무것도 하지 않은 상태에서 물을 주었더니 탐지기 바늘이 평온히 움직였다. 그러나 화초의 잎사귀를 성냥으로 태우려고 하자 태우기도 전에 거짓말 탐지기의 바늘이 거칠어지고 불안한 듯 요동치기 시작했다.

우연일까? 아니면 거짓말 탐지기가 고장이 났나? 이상하게 생각한 교수가 다시 한번 시도해 보았으나 동일한 반응이 일어났다.

클레브 백스터 교수는 자신의 화분과 거짓말 탐지기를 예일 대학교 생물학과 실험실 교수들에게 보냈다. 예일 대학교 교수들은 본격적으로 실험을 시작했다. A, B, C 세 교수는 계속해서 화분에 물만 주었다. 그리고 나머지 한 사람 D 교수는 화분의 잎사귀를 성냥으로 계속해서 태웠다. 며칠이 지난 후에 계속해서 화분의 잎사귀를 태웠던 D 교수가 실험실 방에 들어오기만 해도 화분에 연결한 거짓말 탐지기의 바늘이 거칠게 반응했다. 이 실험을 통하여 '식물도 감정이 있다.'라는 기사를 읽은 적이 있다.

이렇듯 말에 대한 다양한 책들과 기사들을 보면서 정말로 하나님께서 우리에게 말의 권세를 주셨을까? 말에는 어떤 능력이 있을까? 라는 의문이 들기 시작했다. 그리고 우리는 모든 가족들과 이 말의 권세에 대해 공유하며 어린 자녀들에게도 가르치기 시작했다.

자녀들이 어릴 때의 일이다. 어느 날 겨울 아침에 계단 청소를 하다 깜짝 놀랐다.

나는 화분을 키우는 은사를 하나님께서 주시지 않는 듯하다. 싱싱했던 화분도 우리 집에만 오면 시들어버린다. 그래서 버린 화분이 벌써 여러 개다.

그래서 화분을 선물로 받은 것 외에는 내 손으로 화분을 잘 사진 않는다. 시들어서 더 이상 살아날 가망이 없어서 버리려고 방치해 두었던 화분이 하나 있었다.

시들어져 있는 화분을 계단 청소를 하면서 매일 봤다. 그런데 어느 날 놀라운 일이 일어났다. 뿌리까지 말라버린 그 화분에서 새순이 싱싱하고 예쁘게 올라오고 있었다.

더 놀라운 것은 올라오는 새순의 모양을 자세히 보니 하트 모양으로 자라고 있었다. 어떻게 된 일일까?

다 죽은 것이 아니고 뿌리 밑으로는 살아있었을까? 온갖 의문이 들기 시작했다. 그때 둘째 딸이 이렇게 말한다.

"우와! 엄마, 정말로 우리가 하는 말이 권세가 있네요? 엄마

둘째딸이 축복하여 자라난
실제 화초

가 하나님께서 우리에게 말의 권세를 주셨다면서요? 그래서 화초에게도 예쁜 말을 하면 살아난다는 이야기가 생각나서 재미삼아 학교 가면서 화초야 사랑해! '넌 너무 예뻐'라고 말해주고 학교 다녀온 후에 그 화분에 가서 '넌 너무 예쁘구나, 색깔도 어쩜 이렇게 예쁘니?'"라고 계속해서 말해 주었다고 한다.

그랬더니 얼마나 시간이 지났는지는 모르겠으나 정말로 완전히 시들어서 죽어버린 화초에서 이렇게 예쁜 새순이 그것도 하트모양으로 자랐다고 말하는 것이다. 딸도 놀랐지만 나는 더 놀랐다.

우리가 쓰고 있는 이 말은 사라지지 않고 없어지지 않는다. 모든 말에는 파동이 있어서 긍정적이든 부정적이든 영향력을 미치게 되어 있다.

난 여고시절에 성악을 공부했다. 집에서 연습할 때에 나의 소리를 정확하게 파악하기 위해서 연습할 때 종종 카세트에 녹음시켜서 다시 들어 보곤

한다.

이 때 녹음시킨 소리를 다시 재생하면 공명이 잘 된 높은 소리에서는 카세트가 함께 흔들리며 진동하는 경험을 한 적이 있다.

TV 광고에 유리잔을 선전하는 광고였다. 성악가가 높은 음을 낼 때의 주파수와 유리잔이 내는 주파수가 일치할 때에 유리잔이 깨지는 광고를 본적이 있다.

이것 또한 소리에서 나오는 파동의 작용이라고 볼 수 있을 것이다.

말은 의사소통 이상의 기능이 있다. 왜냐하면 모든 말들에는 파동이 있기 때문에 내가 어떤 말을 하느냐에 따라 긍정적이든 부정적이든 파동을 일으키기 때문이다.

이 말로 생명을 살리기도 하며 죽이기도 하는 것이다. 긍정적인 말은 예쁜 파동으로 사물에 투과되며, 부정적인 말은 거친 파동으로 사물을 아프게 하게 된다.

우리가 일상 속에 내뱉는 말들은 이 파동의 원리로 주변 사람의 삶에 영향을 미친다.

내가 무슨 말을 하든, 이 말을 가장 먼저 듣는 사람은 바로 자기 자신이다. 그래서 가장 큰 영향을 받는 사람도 바로 나 자신이 되는 것이다. 지금 현재의 삶은 내가 과거에 씨앗으로 뿌려놓은 말의 열매이다.

"죽고 사는 것이 혀의 권세에 달렸나니 혀를 쓰기 좋아하는 사람은 그 열매를 먹으리라"(잠언 18:21)

사람은 내가 과거에 심어놓은 말의 열매를 먹고 산다. 우리가 어떤 말을 심고 있는지 살펴 보아야 한다.

긍정적인 말을 많이 하는지 아니면 나도 모르게 부정적이고 비판적인 말을 많이 하는지 점검해 보아야 한다.

긍정적인 말을 과거에 많이 뿌려놓았다면 긍정적인 삶을 살고 있을 것이다.

그러나 부정적인 말을 뿌려놓았다면 현재 어떤 모습이든 부정적인 삶의 열매를 살고 있을 것이다.

왜냐하면 그 말이 나를 살리기도 하고 죽이는 말이 되기도 하기 때문이다.

성공한 사람의 배경에는 반드시 성공을 만들어 준 말이 있으며, 행복한 사람의 배경에는 반드시 행복을 만들어준 말이 있다. 말은 하나님의 능력을 나타내는 하나님의 본질에 속해 있다. 우리의 말에는 상상할 수 없는 놀라운 권세가 있다. 말만 바꾸었는데도 놀라운 일이 일어난다. 자신의 변화. 가족, 환경 내 몸이 변함을 느끼게 될 것이다.

예수님의 핏값으로 교회를 세우시고 주님의 몸된 교회에게 죽은 영혼을 살려야 하는 사명을 주셨다.

그럼에도 불구하고 우리는 사소한 말들로 인하여 많은 상처를 주고 받고 있는 것이 현재 우리의 실정이다.

그래서 결국에는 그 상처로 인하여 교회를 떠나기도 하고 또 그것 때문에 은혜가 차단되어 하나님의 사명과 상관없는 삶을 살고 있진 않는지 살펴보아야 한다.

이런 것으로 인하여 교회는 교회대로 큰 손실이며 성도는 성도대로 손해이다.

가장 손해를 보는 분은 예수님이시다. 죽은 영혼을 위해 생명을 버리시면서 이 사명을 우리에게 맡겼지만, 정작 우리는 그 사명을 감당하기보다는 사소한 말로 인한 나의 상처와 문제가 너무 크게 느껴져서 진짜 본질은 잊어버리고 살고 있다. 우리는 생각보다 이런 말들로 인한 상처들이 많음을 알고 있다. 그렇다면 과연 어떻게 하면 이 말로 인한 상처들을 회복하고 하나님께서 우리에게 맡기신 사명을 위해 달려 갈수 있을까? 나의 말 한마디를 통해 교회를, 가정을 어떻게 세워갈 수 있을까? 이 강의를 듣던 성도들의 얼굴이 사뭇 진지해진다.

"권사님! 우리가 하는 말들이 다른 사람에게 영향을 미칠까요? 미치지 않을까요?"

질문을 받은 권사님께서 즉답을 하신다.

"지금까지 몰랐는데 사모님의 강의를 듣고 보니 영향을 주겠네요. 그 전에는 막연히 좋은 말을 해야지 라고만 생각했는데 우리의 말에 이런 비밀이 있는 줄 몰랐습니다."라고 한다.

"예수께서 그들에게 이르시되 하나님을 믿으라. 내가 진실로 진실로 너희에게 이르노니 누구든지 이 산더러 들리어 바다에 던지우라 하며 그 말하는 것이 이루어질 줄 믿고 마음에 의심하지 아니하면 그대로 되리라"(마가복음 11;22~23)

하나님께서는 모든 사람들에게 놀라운 말의 권세를 주셨다. 특별한 누군가만이 아니라, 누구든지 말의 능력을 알고 사용하는 사람은 그 권세를 누릴 수 있는 것이다.

그럼에도 우리들은 그 말로 사람을 살리는 말보다, 부정적인 말들로 하나님의 역사를 가로막는다. 이것이 바로 사탄의 전략이다.

말에는 놀라운 생명에너지가 있다. 태양에너지가 모든 생물들을 살게 하듯이 우리들의 말은 사람의 모든 운명, 환경을 변화 시키는 능력이 있다.

"여호와의 말씀에 내 삶을 두고 맹세하노라 너희 말이 내 귀에 들린 대로 내가 너희에게 행하리니"(민수기 14:28)

예수님이 십자가의 은혜로 가시와 엉겅퀴의 저주가 끊어지고 주님께서 십자가에서 승리하신 그 승리를 믿는 하나님의 자녀들에게도 신적인 권세를 회복시키셨음을 믿는다.

"예수께서 이르시되 너희 율법에 기록된 바 내가 너희를 신이라 하였노라 하지 아니하였느냐 성경은 폐하지 못하나니 하나님의 말씀을 받은 사람들을 신이라 하셨거든"(요한복음 10:34~35)

하나님의 말씀을 받은 우리에게 하나님께서 사람을 창조하실 때 주신 말의 권세를 다시 회복시키셨다. 사탄은 하나님께서 우리에게 주신 말의 권세와 능력을 잘 알고 있다. 그래서 우리의 생각을 통하여 사탄은 지속적으로 부정적인 불화살을 던진다. 우리의 삶을 망치려 한다.

"여러분! 옆에 계신분과 함께 둘씩 짝지를 한 번 만들어 보세요. 우리가 잘 알고 있는 오링 테스트를 할거예요. 자… 저 따라 하세요. 죽겠다, 죽겠다, 죽겠다. 이렇게 하신 후 마주 앉은 사람의 손가락을 한 번 힘껏 떼어 보세요."

이렇게 했더니 갖가지의 반응이 일어난다.

"아이고, 집사님 손가락에 힘좀 줘 보세요."

"이렇게 쉽게 떨어지네."

"사모님, 손가락에 힘이 안 들어가네요."

"아무리 힘을 주려고 해도 힘이 들어가지가 않아요. 신기하네요." 그리고

"자 이번에는 살겠다, 살겠다, 살겠다. 이렇게 말씀하신 후에도 손가락을 힘껏 떼어보세요."

"하하하하" 웃음소리가 끊이지 않는다. 그리고

"우와 정말로 살겠다고 하니까 손가락에 더 힘이 들어가네요".

"신기하네요."

여기저기서 신기하다며 믿기지 않으시다고 하면서 다시 한 번 해보자고 한다.

우리가 무슨 말을 하든지 그 말의 영향력을 받게 되고, 그 말이 우리를 살리기도 하고, 죽이기도 한다. 지금 우리는 무슨 말들을 하고 있는지 점검해 보아야 할 것이다.

믿음의 말

내가 내뱉은 한 마디의 말은 우리 신체의 신경조직과 세포를 죽이기도 하고 살리기도 한다.

『물은 답을 알고 있다』에서 우리가 하는 말에 대해서 물의 결정체가 달라지는 것을 앞서서 보았다. 그렇다면 70%의 물로 되어있는 우리의 몸도 말의 영향을 받는 것은 너무나도 당연한 것이다.

대구에서 있었던 일이다. 하루는 내가 인도하는 셀 가족의 얼굴이 몹시도 어두웠다.

"집사님 무슨 일 있으세요?"

친정아버지께서 지금 담도암으로 경북대 병원에 입원해 계시다며 걱정이 한가득이시다. 그러면서 목사님께서 한 번 심방을 해 주실 수 없느냐는 것이다.

"당연하죠!

"당장 목사님과 심방을 가겠습니다."

이튿날 병원에 심방을 가 보았다. 집사님의 아버님은 자신이 담도암이라는 사실을 알고 계셨다.

이미 삶을 포기하신 듯 했다. '난 이제 살 가망이 없구나!' 라는 실망으로 얼굴이 사색이 되어 있었다. 남편이 말씀을 전하기를

"집사님! 하나님께서 집사님을 사랑하신다는 것을 알고 계십니까?"

"네 목사님"

"그러면 예수님께서 집사님을 사랑하셔서 이 땅에 오신 것도 믿고 계시지요?"

"네 목사님"

"그러면 예수님께서 채찍에 맞으시고 십자가에 돌아가실 때 집사님의 고난과 질병도 함께 해결해 주신 것을 믿으십니까?"

"네 목사님"

"그러면 하나님께 집사님의 믿음을 보이세요."

"믿음의 말을 하세요."

"예수님께서 나를 대신하여 채찍에 맞으셨으니 난 살아 날 수 있다는 믿음의 생각을 가지세요. 그리고 나는 예수님께서 대

신 죽으심으로 나음을 입었다고 믿음의 말을 하십시오. 믿음은 다른 것이 아니고 입술의 고백이 하나님의 말씀대로 말을 하시는 겁니다. 먼저 난 이제 끝이구나!라는 낙심의 생각을 버리고 지금까지 하나님의 은혜로 살게 하신 것을 바라보고 감사하세요. 하나님은 우리의 말을 듣고 일하십니다."

"또 무리에게 이르시되 아무든지 나를 따라오려거든 자기를 부인하고 날마다 제 십자가를 지고 나를 따를 것이니라"(누가복음 9:23)

"'주님을 따라 오려거든'이라고 말씀을 하셨는데 주님을 따른다는 말은 제자가 되신다는 말도 되지만 '주님께서 우리에게 행해 주신 복을 받으려거든'이라는 말씀도 되십니다. 그러므로 주님께서 십자가에서 우리를 위하여 죽으시고 부활하신 그 복에 천국을 유업으로 주심과 저주가 끊어지고 질병을 고침 받는 이런 복을 받기 위해서는 자기를 부인하는 것이 먼저 필요합니다. 자기를 부인한다는 것은 이제껏 나의 생각, 경험, 학식 이런 것을 통하여 담도암은 고칠 수 없다는 세상적인 지식을 먼저 거부하고, 하나님의 생각 곧 예수 그리스도를 통하여 모든 질병을 짊어지셨다. 나는 고침을 받았다!는 생각을 받아들이는 것이 자기를 부인하는 것입니다. 이런 자기 부인이 일어 날 때에 세상 사람들은 비웃을 것입니다. 사탄은 다시 낙담케 할 것입니다.

부정적인 말들이 들려올 것입니다."

"아니 세상에 담도암에 걸린 환자가 나은 사람이 있냐?"

"아픈 사람에게 너무 희망을 주는 것이 아니야?"

여러 가지 부정적인 말들이 들려 올 때에 집사님의 생각에 두 가지가 나타날 것입니다. 그래! 담도암으로 나은 사람은 없어. 괜히 헛된 희망이야"라고 하시고 생각으로 부정적인 것을 받아들이신다면 그것은 자기 십자가를 내려놓는 것입니다.

그러나 낙심과 불안과 부정적인 생각이 들어올지라도 나는 하나님을 믿고, 예수 그리스도께서 나를 치료하신 것을 바라보며 하나님의 생각을 받아들이는 것은 자기 십자가를 지고 주님을 따르는 것입니다. 그때 '참 내 제자가 되리라'고 말씀하십니다. 주님 허락하신 복들을 다 받아 누린다는 것입니다. 세상에서는 포기한 담도암이라도 하나님께서 치료하신다는 것입니다.

"이 말씀을 받으십니까?"

"믿으십니까?"

"자기를 부인하고 십자가를 지실랍니까?"

"네 목사님!"

그리고 치유 기도를 해 드리고 돌아왔다.

"할렐루야!"

"하나님께 모든 영광과 찬양을 올립니다."

낙담하며 삶을 포기하셨던 집사님께서는 그날 이후로 급속도로 좋아 지셔서 3주 만에 완전 치유가 되셔서 대전 집사님의 댁으로 돌아가셨다.

그후로 일 년이 지나도록 집사님의 근황이나 소식을 전혀 알지를 못했다. 잘 지내시고 계신 줄로만 알고 잊고 있었는데 갑자기 따님 집사님께서,

"사모님! 목사님과 함께 한 번 더 심방을 와 주실 수 있습니까?"

"아니 왜요?"

"아버님이 다시 암이 재발되어서 경북대 병원에 입원을 하셨는데 지금은 정신을 잃으셨고, 의사가 오늘 저녁이 고비라며 온 가족을 다 부르시라고 말씀하십니다."

그러나 따님 집사님을 더 힘들게 하는 건 따로 있었다. 자녀들은 어찌하든 살려보려는 마음에 할 수 있는 방법은 다 해 보고 있는데, 집사님의 아버지께서는 이미 마음에 낙심이 가득 차서 "오늘 여기까지가 내 생명이 끝인 것 같다."라고 말씀 하시고서 하루라도 빨리 천국 가신다며 모든 곡기를 끊으셨단다. 따님 집사님은 어쩌면 좋냐며 눈물을 흘렸다.

모든 셀 가족들에게 함께 금식하면서 집사님의 아버지를 위해 기도합시다. 부탁을 드린 후 남편과 함께 병원에 심방을 갔다. 병원에 가서 뵈니 상태는 더 심각했다. 호흡기에 의존하여 간신히 숨을 쉬었고, 팔에는 링거를 3개나 달아 놓았으며, 옆에

서 말을 시켜도 알아 듣지를 못하고 정신을 완전히 잃었다.

혀는 식도 쪽으로 말려 있어서 입이 바싹 말라 있었으며 거즈에 물을 묻혀서 입술을 연신 닦아 주면서 온 가족이 오기를 기다리고 있었다.

의사가 회진 와서 오늘밤을 넘기지 못할 것 같으니 가족들은 마음의 준비를 하라고 말하였단다. 누워 있는 집사님을 부르는 남편의 목소리에 화가 나 있다.

왜냐하면 하나님께서 우리 생명의 주관자이신데 집사님이 질병을 받아 들여서 오늘까지가 내 생명이 끝인가 보다! 라고 말씀하시고 아예 곡기를 끊으시고 정신을 잃으셨다는 이야기에 하나님의 주권을 침해하고 어디 천국에 갈 생각이냐고 목소리에 의분이 차 있었다. 그래서 남편이 집사님의 귀에 대고 말한다.

"집사님 제 목소리 들리시지요? 정신은 잃으셨어도 제 목소리는 들릴 줄로 압니다. 집사님! 하나님께 회개하십시오."라고 호통을 친다.

정신을 잃고 오늘 돌아가신다는 집사님에게 "집사님! 집사님이 오늘 돌아가시던지 내일 돌아가시던지 이것은 중요하지 않습니다. 그러나 우리가 이 땅에서 범하지 말아야 할 것이 있는데 하나님의 주권을 침해하여 하나님의 자리에 나를 올려놓는 죄는 짓지 말아야 합니다. 모든 생명의 주관자이신 하나님의 자리에 집사님을 올려놓으시고 오늘 여기까지가 나의 생명이 끝인가 보다! 라고 말을 하실 수가 있으십니까? 생명의 주인은 하나님이신데 이것은 자살하는 것과 동일합니다. 지금 영적으로도 무릎을 꿇으시고 회개하세요. 회개하는 심령위에 기도를 하겠습니다." 하고 치유 기도를 하고 돌아왔다.

오늘 저녁이 고비라고 한 집사님은 그 다음 날 "아버지께서 눈을 뜨셨다"고 따님 집사님이 연락해 왔다. 그래서 남편과 급히 심방을 가게 되었다. 그리고 남편이 물었다.

"집사님! 어제 제 목소리 들리시던가요?"

"네! 목사님"

"회개했습니까?"

"네! 목사님. 죄송합니다."

"이제 되었습니다."

"그러면 다시 하나님께 기도하십시다."

"내가 네 곁으로 지나갈 때에 네가 피투성이가 되어 발짓하는 것을 보고 네게 이르기를 너는 피투성이라도 살아 있으라 다시 이르기를 너는 피투성이라도 살아 있으라 하고"(에스겔 16:6)

"이 말씀을 붙드세요. 우리는 이 땅에서 질병으로 병원에서 돌아갈 자가 아닙니다. 하나님의 자녀는 이 땅에서 복음 전하고, 교회에서 기도하다가 천국 가게 해 달라는 소망을 가지고 기도하십시오."라고 전하면서 기도하고 다시 "일주일 뒤에 오겠다."고 한 뒤 돌아왔다.

일주일 뒤에 심방을 가니 집사님의 말은 자유로운데 일어나 앉지를 못하고 누워서 링거에 의지하고 있었다.

"내 영혼아 네가 어찌하여 낙망하며 어찌하여 내 속에서 불안하여 하는고 너는 하나님을 바라라 나는 내 얼굴을 도우시는 내 하나님을 오히려 찬송하리로다"(시42:11)

"집사님 지금 누워 계시면서 무엇을 바라보고 계십니까? 집사님이 지금 바라보고 계시는 것이 주변에 환자들을 바라보고 계십니까? 그래서 아픈 환자들만 바라보면서 낙심과 좌절을 가져오는 말만 하십니까? 아니면 나를 위해 채찍 맞으시고 피 흘리신 예수 그리스도를 바로 보고 믿음의 말을 하고 계십니까? 주님을 바라보십시오. 눈앞에 여러 환자들이 보이시면 눈을 감으시고 나를 바라보고 계시는 주님을 바라보시고 입에다 밥풀을 밀어 넣어십시오. 주님께서 나를 바라보시고 무엇을 기대하시겠습니까? 누워서 아픈 환자들을 보시면서 좌절하는 것이 아닙니다. 주님께서 주시는 만나를 입에 밀어 넣어서 억지로라도 삼키십시오. 이것이 믿음입니다. 그리고 예수님이 채찍에 맞음으로 나는 나음을 입었다고 말씀하세요. 하루 종일 그렇게 말씀 하세요."라고 한 후 기도해드리고 돌아왔다.

일주일 뒤에 다시 병원을 방문하니 집사님은 이제 식사는 하는데 몸은 일으키지 못하고 누워 있었다.

그때 남편이 언제까지 낫기만을 기다리며 누워서 병원에 계시려고 하느냐?

"우리가 항상 예수의 죽음을 몸에 짊어짐은 예수의 생명이 또한 우리 몸에 나타나게 하려 함이라"(고린도후서 4:10)

"예수님께서 나를 위해 채찍에 맞으시고 십자가에서 죽으시고 부활하심이 집사님의 신앙 고백이 맞으십니까?"

"네 목사님"

"그러면 이제 일어나시지요. 누워 있는 것이 믿음이 아닙니다. 내가 예수님의 십자가의 은혜로 나음을 입었다고 믿음의 말을 하신다면 그 말 하신대로 일어 나시려고 침대 난관을 붙들고 몸에 힘을 넣으시면서 발버둥을 치는 것이 행함 있는 믿음입니다."

일주일 뒤에 다시 심방을 가니, 세상에,

"할렐루야!"

집사님이 침상에서 일어나 앉아 있다.

"목사님!"

집사님이 반가운 마음에 손을 내 밀어 잡으려고 하신다.

"아이고 집사님 이제 일어나 식사를 하시네요?"

"그런데 아직 화장실을 가지 못하고 있습니다."

"아이고 집사님 이곳 병실에 6명의 환자들이 누워 계시는데 집사님이 침대에서 볼일을 보고 계십니까? 다른 사람들이 인상을 안 찡그리던가요?"

"잘 모르겠는데 아무래도 안 좋아하시겠지요!"

"그래요! 집사님 말씀을 보십시다."

"저희가 그 손으로 너를 붙들어 발이 돌에 부딪히지 않게 하리로다."(시91:12)고 하셨습니다.

"집사님 침대에서 나를 내려 달라고 부탁을 하시고 화장실까지 기어서라도 간다는 결단을 하십시오. 그래서 화장실에서 편안하고 시원하게 볼일을 보십시오. 이것이 믿음입니다. 따라 하십시오. 주님이 나를 붙들어 주신다."

"주님이 나를 붙들어 주신다. 아멘이십니까? 주님 손 붙들고 화장실로 가십시오."

다음 주에 병원을 다시 심방 하였다. 이제 집사님이 침대에서 다리를 꼬시고 신문을 읽고 있는 것이 아닌가?

"우리 주님 역사하셨습니다. 우리의 믿음의 말을 들으시고 하나님께서 고쳐 주셨습니다."

다시 믿음으로 기도 하자고 하였다.

"여호와여 내가 수척하였사오니 긍휼히 여기소서 여호와여 나의 뼈가 떨리오니 나를 고치소서"(시 6:2)

"집사님! 예수님께서 치료해 주실 것을 날마다 믿음으로 감사하십시오. 그리고 예수님이 채찍에 맞음으로 내가 나음을 입었다고 믿음의 말을 선포 하십시오."

다시 오겠다는 약속을 하였는데 3일이 지나서 집사님이 전화를 했다.

"목사님 퇴원합니다. 이제 병원 심방을 오지 않으셔도 됩니다."

"집사님 어떻게 된 일입니까?"

"병원에서 조직 검사와 기타 검사를 다 하였는데 담도암이 하나도 보이지 않고 모든 수치가 너무 정상적이라 이제 퇴원해도 되겠다고 하여서 대전 집으로 돌아갑니다."

"할렐루야! 하나님 감사합니다. 모든 영광 우리 하나님 받으시기에 합당하십니다."

하나님께서는 우리에게 믿음을 주시고 그 믿음의 말을 들으시고 치료해주신다.

"믿음이 없이는 하나님을 기쁘시게 하지 못하나니 하나님께 나아가는 자는 반드시 그가 계신 것과 또한 그가 자기를 찾는 자들에게 상주시는 이심을 믿어야 할지니라"(히브리서 11:6)

환경은 낙심이며 불안이지만 치료하실 예수님을 신뢰하는 믿음의 말로 나아가는 자에게 하나님께서는 분명히 상을 베푸신다.

구원이라면 구원으로
병 고침이라면 병 고침으로
안식이면 안식으로
물질이면 물질로 상 주신다.
오늘도 하나님은 큰 길을 만드시고 기적을 일으키시는 하나님을 신뢰함으로 외치는 오직 믿음의 말을 하는 자에게 상주시는 분이시다.

우리의 말은 육체에 영향을 미친다.
우리의 심장에서는 두 가지의 소리가 난다.
제 1심음은 쿵, 제 2심음은 탁이다.
그래서 건강할 때는 쿵탁, 쿵탁 이런 소리가 난다. 심장이 멈추려는 상태가 되면 제 3심음의 소리가 난다. 제 3심음의 소리가 난다는 말은 죽음이 임박했다는 뜻이다.

미국 하버드대학교 의대의 임상사례다. 심장이 좋지 않은 할아버지 한 분이 계셨다. 의사와 학생들의 회진 중에 할아버지의 심장에서 제 3심음이 들렸던 것이다.

의사는 옆에 서 있는 학생들에게 제 3심음이 들리니 모두들 잘 들어보라고 하였다. 학생들은 할아버지에게 다가가서 죽음이 임박한 제 3심음을 듣기 시작했다.

첫 번째 학생이,

"선생님, 심장소리가 잘 들립니다."

두 번째 학생도,

"선생님, 심장소리가 잘 들립니다"라고 말했으며, 그곳에 있던 여러 명의 학생들은 모두 다 이렇게 말했다.

학생들이 잘 들린다는 심장소리는 죽음이 임박했을 때 들리는 제 3심음의 소리가 잘 들린다는 말이었다.

진료가 끝난 후 의사는 가족들에게 오늘 저녁을 넘기지 못할 것 같으니 마음의 준비를 하라고 했다.

그런데 오늘 밤을 넘기지 못할 거라는 할아버지는 하루가 다르게 좋아지는게 아닌가? 더 놀라운 일은 죽음이 임박했을 때 들리는 제 3심음이 들린 일주일 후 이 할아버지는 심장이 좋아

저서 퇴원하게 되었다. 퇴원하는 할아버지에게 의사가 말했다.

"할아버지 도대체 당신의 심장에 무슨 일이 있었나요?"

"저는 너무 지쳐서 내가 이제 죽겠구나!라고 생각했습니다. 그러나 분명히 들었습니다. 제 심장소리가 잘 들린다는 학생들의 소리를…, 제 심장이 이제 끝났다고 생각했는데 학생들이 저의 심장소리가 잘 들린다는 소리를 듣고 내 심장이 아직 끝나지 않았구나! 내가 살아날 수가 있겠구나! 라고 생각했습니다."

이렇듯 우리가 하는 말은 육체에 놀라운 영향을 미친다.

"죽고 사는 것이 혀의 권세에 달렸나니 혀를 쓰기 좋아하는 자는 혀의 열매를 먹으리라"(잠언 18:21)

성경은 내가 살고 죽는 것이 나의 말 한마디 즉 혀의 권세에 달렸다고 한다.

내가 뱉는 한마디의 말은 우리의 신체의 신경조직을 죽이기도 하고 살리기도 한다.

죽겠다, 죽겠다 하면 정말로 죽을 일이 생기고, 살겠다, 살겠다 말하면 세포와 신경이 살아날 준비를 한다.

어느 집사님은 남편이 매사가 부정적이고, 항상 입에는 짜증을 달고 있으며, 남편이 집에만 들어오면 언어 폭력으로 온 가족이 너무 힘들다며 찾아왔다. 그런데 지금은 이 남편이 교통사고가 크게 나서 회복 중에 있다고 한다.

병원에서도 눈만 뜨면 불평불만이 가득하고, 이런 불평, 불만을 듣고 있자니 너무 지쳐서 어찌 할 바를 모르겠다며, 누군가에게라도 이야기하고 싶어서 왔다고 한다.

집사님은 남편에게 맞아서 아픈 것이 아니라 날마다 눈만 뜨면 마음을 헤집어놓는 말만 하니 가슴이 찢어질 것 같다며, 구구절절이 사연이 가슴 아픈 사연들이다.

"숨도 제대로 쉴 수 없다."고 하는 집사님의 말에 그 어떤 말로도 위로할 수가 없었다.

가만히 듣고 있던 나는 긍정적인 말의 능력에 대해 말씀드렸다. '말은 죽은 것이 아니라 살아있으며, 내가 말한 그 말이 부메랑이 돼서 나에게 다시 돌아온다.

부정적인 말은 부정적이고, 긍정적인 말은 긍정적으로 나의 육체에 환경에 영향을 미치는 것이다.

집사님과 남편이 함께 사는 길은 입술의 말을 먼저 바꾸어야 한다고 말씀드렸다.'

이 말을 듣고 있던 집사님이 적잖이 놀란 것 같았다.

"집에 돌아가셔서 남편에게 죽겠다를 살겠다로 바꿔서 말해 보세요."

"사모님, 제 말을 들을까요?"

그런데 일주일 후 그 집사님께서 다시 찾아왔다.

"사모님, 정말로 살겠다로 말을 바꾸고 나니 그동안에는 사방에서 힘든 일들이 몰려오는 것 같았는데, 좋은 일들이 생기기 시작했어요. 다행히 남편도 회복이 빨라지고 있어요."

그러면서 어떤 좋은 일들이 일어났는지 간증 하러 다시 한 번 꼭 오고 싶다고 말하고 뒤돌아 가는 모습에 내 마음도 함께 가벼워지는 듯 했다.

말은 우리 몸의 신경과 세포조직을 지배하고, 행동을 지배한다.

행복누리 언어학교가 시작된 후부터 우리 교회에 재미있는 일들이 생겨났다. 주일예배 후에 식사를 마친 후 어느 집사님께서 말했다.

"어머, 오늘 식당 봉사 하시는 분들이 요리솜씨가 너무 좋으셔서 과식했습니다."

"하하"

"너무 많이 먹어서…"

"아이고, 배불러 죽겠네요"라는 소리를 들은 또 다른 집사님이, "어허…, 집사님! 지난주에 행복누리 언어학교에서 사모님 이야기 못 들으셨어요? 죽겠다고 말하면 죽을 일이 생긴다고 했잖아요."

그 말을 들은 집사님께서 바로 말을 바꾼다.

"그렇지… 내가 깜박했네. 배불러 살겠네. 너무 맛있어서 배불러 살겠어"라고 하니 그 소릴 들은 모두가 한바탕 웃음바다가 된다.

이런 말들이 성도님들 사이에서 자주 들린다. 가정에서도 평소에 아무 생각없이 그냥 하던 말들을 한 번 더 생각하게 된다고….

자연스럽게 교회 안에서는 불평과 부정적인 말들을 하지 않으려고 애쓰는 모습들이 보인다. 오늘도 행복누리 언어학교가 시작되었다.

"여러분! 이제 말의 중요성을 아셨으니 혹여나 불평거리가 생겨나면 어떻게 하시겠어요? 우리 모두 다함께 약속 하나 하세요. 자! 따라 해 보세요."

"꿀꺽"

"꿀꺽"

"때로는 불평거리가 왜 없겠습니까? 그럴 때마다 우리가 불평한다고 해서 그 일이 해결되는 것보다 안 좋은 결과를 가져오는 일들이 더 많이 있어요. 불평하는 말을 오히려 긍정적인 말로 바꾸지 못할 바에야 우리 모두 튀어나오려는 불평을 다시 삼킵시다. 그럴 수 있나요?"

그 뒤로부터 '꿀꺽'이라는 단어는 우리 교회의 유행어가 되었다. 우리는 하루에 수십 가지의 생각과 수만 가지의 말 속에서 영적전쟁을 치르고 있다.

그럴 때마다 불평거리가 일어날 때는 우리 모두 튀어나오려고 하는 불평의 말을 다시 속으로 '꿀꺽' 하기로 약속했다.

우리 교회 성도님들을 처음 만났을 때 어떤 표정과 어떤 마음들인지를 알고 있기 때문에 이런 작은 변화들이 감사하다. 하나님께서 치유하시고 회복시켜 가시는 것에 너무 감사하다.

우리는 모두가 죄 가운데 있으므로 말이라는 것이 하루아침에 바뀔 수 있는게 아니라는 것을 잘 알고 있다.

그러나 평소에는 신경 쓰지 않고 그냥 했던 말들이라면, 이제는 실수할지라도 한 번쯤 다시 생각할 수 있다는 것이 또 감사하다.

하나님께서 우리의 말속에 하나님의 속성을 허락하시고 이말들을 통하여 믿지 않는 세상 가운데서 우리를 왕 같은 제사장으로 세우기를 원하신다.

그러나 이 말의 능력과 권세 있음을 들어서, 또 책을 보아서 알고는 있지만 말을 바꾼다는 것은 결코 쉬운 일이 아니다.

그럼에도 불구하고 하나님께서 주신 행복한 말로, 살리는 말로 바꾸어야 됨은 분명하다.

우리는 하루에 몇 가지의 생각을 할까? 수만 가지의 생각을 한다는 말도 있지만, 약 4만 가지의 생각을 한다고 한다.

그 중 90%에 해당하는 약 3만 1천 가지의 생각은 부정적인 생각이라고 한다.

우리가 하는 생각은 말을 지배하며, 말은 우리의 행동을 지배하고, 행동이 지속되면 습관이 되며, 습관이 계속되면 인생이 된다.

생각하는 것이 우리의 입을 통해 나오는 것이 바로 말이다. 그렇다면 우리는 여러 가지의 말과 생각들 중에 하나님께서 원하시는 말과 생각을 어떻게 할 것인가라는 숙제가 남아있다.

"죽고 사는 것이 혀의 권세에 달렸나니 혀를 쓰기 좋아하는 자는 그 열매를 먹으리라"(잠언 18:21)

내가 살고 죽는 것이 나의 말을 통하여 결정된다는 말씀이다. 우리는 다 죄 가운데 있으므로 긍정적인 말, 사랑의 말을 해야 된다는 사실을 알면서도 잘 되지 않는다. 우리가 굳게 마음먹고 결심하지만 잘 되지 않는 것이 사실이다.

주님의 도우심이 필요하다. 우리가 하나님께서 원하시는 언어를 사용하기 위해서는 성령님의 도우심이 없이는 할 수가 없는 일이다.

생각이 말이 되어서 나타나므로 나의 생각을 주님께 집중해야한다. 생활 가운데 분초마다 우리와 동행하시고 간섭하시며 어디로 가야할지 가르쳐주시는 그 성령님을 의식해야 한다.

"무릇 지킬만한 것 중에 네 마음을 지키라. 생명의 근원이 이에서 남이니라"(잠언 4:23의)

매일 분초마다 주님을 의식하며 살 수 없을까? 상처 주는 말보다 하나님께서 원하시는 말을 하며 살 수는 없을까?

항상 옆에 계시는 성령님을 의식하며 말하고, 생각한다면 분명히 우리는 하나님의 좋은 씨앗들을 뿌릴 수 있을 것이다. 주님의 마음으로 말한다면 사랑하는 사람들에게 말로 상처를 주고 후회하는 일도, 실수하는 말을 통해 밤새 고민하는 일도 줄어들 것이다.

그러나 현재의 우리 모습은 그럴 수 없다. 그래서 고민하기 시작했다. 24시간 주님을 의식하며 말하며, 또 내 맘대로 행동하고 말해서 하는 후회와 실수를 줄일 수 있는 방법은 무엇일까? 어떻게 오랜 시간 지속적으로 주님을 의식하며 말할 수 있을까? 그래서 생겨난 것이 「날마다 주님과」라는 감사 일기이다. 지금 우리 교회는 학생회에서는 반별로, 청년부는 선별로, 어른들은 누리별로 「날마다 주님과」 교재를 쓰고 있다.

가족끼리, 교회 기관끼리, 또는 양육반이나. 청년들 모임에서 단톡방을 만들어서 하고 있다. 매일 밤마다, 단톡방에 하루를 돌아보며 나에게 베풀어주신 하나님의 은혜에 대해 5가지

감사를 올리는 것이다. 예를 들면,

1. 하나님, 오늘도 안전을 지켜주서서 감사합니다.
2. 대구에 내려간 딸이 안전하게 돌아오게 하심을 감사합니다.
3. 오늘도 맛있는 점심식사와 다정한 남편과 시간 보낼 수 있어서 감사합니다.
4. 오늘도 피난처 되시는 하나님을 만날 수 있어서 감사합니다.
5. 어려운 숙제가 잘 해결되게 하시니 감사합니다.

이런 식으로 하루를 돌아보며 오늘 하루를 인도하신 하나님께 감사 일기를 매일 쓰고 있다. 불평거리와 힘들었던 일도 오히려 감사하려고 노력하다보니 긍정적으로 하루를 마무리 할 수 있어서 좋다는 분들이 많다.

그럴 때 좀 더 나 자신을 들여다보며 점검할 수 있는 좋은 시간들이 되고 있다. 하루를 점검할 때 내가 어떤 말을 했는지 다시 한번 생각하며 하나님께 감사 일기를 올려드리며 마무리한다. 「날마다 주님과」를 쓰면서 하루하루를 하나님 앞에 정리하게 된다.

그 전에는 정신없이 살았다면 「날마다 주님과」를 쓰게 되면서 하루를 돌아보며 부족한 부분을 생각하고, 또 내일은 성령님과 다시 동행하고자 하는 다짐을 하게 된다.

감사 일기 5가지와 함께 하루 중 읽은 성경 장 수와 성경 묵상을 했는지, 하지 않았는지 여부 또한 함께 올리게 돼 있다.

그러다보니 나의 신앙생활 점검도 자연스럽게 할 수 있다.

오늘 바빠서 성경을 읽지 못했다면 감사 일기를 쓰면서 내일은 다시 성경으로, 다시 성경 묵상으로 새롭게 시작할 수 있는 귀한 프로그램으로 자리 잡아 가고 있다.

앞에서 잠깐 이야기 했지만, 우리나라 사람들은 과식을 해서 배가 조금만 불러도 '배불러 죽겠다.' 조금만 더워도 '더워죽겠다.' 재미있어도 '웃겨 죽겠다.' '피곤해 죽겠다.' '바빠 죽겠다.' '힘들어 죽겠다.' '추워죽겠다.' 등등의 죽겠다는 말을 많이 쓴다. 우리 교회는 행복누리 언어학교를 한 후에는 조금의 변화들이 있다.

죽겠다를 살겠다로 바꾸어서 말하는데 예를 들자면 '바빠서 살겠네.' '목말라 살겠네.' '우스워 살겠네.' '더워 살겠네.' '추워 살겠네.'… 등이다. 눈에 보이지 않는 아주 작은 변화일지라도 시작이 좋은 듯하다.

우리 교회에는 맥가이버가 와서 울고 갈 만큼 손재주가 뛰어난 총각 집사님이 있었다.

못 만드시는 것이 없으며 교회안의 온갖 궂은일은 모두가 집사님의 몫이다. 신실한 집사님은 총각이다. 그러나 남편은 교회에 부임해 온 그 날부터 집사님과 마주 앉기만 하면,

"집사님! 결혼하셔야죠?"

"목사님, 저는 결혼 생각이 없습니다"라고 한다.

집사님의 누님 되는 권사님도,

"사모님, 동생 나이가 얼만데 이제 결혼하겠어요?"

하지만 남편은,

"하나님, 집사님에게 좋은 가정을 주세요"라고 기도하고, 집사님을 볼 때마다 결혼하라고 했다.

정말로 듣든지 말든지 계속했다. 내 마음속 한켠에도 '집사님께서 나이가 많으시고 주변에 믿음 좋은 분도 보이지 않는데 정말 결혼 하실 수 있을까?'라는 의구심이 들었다.

그러나 남편은 집사님과 마주 할때마다 "하나님께서 믿음 좋은 분을 주실거예요."라면서 계속 말했다. 난 때로는,

"여보! 집사님 부담스러우시겠어요. 결혼하시라는 말씀 너무 자주 하지 마세요." 이렇게 말하면 남편은,

"아니야. 분명히 하나님께서 집사님에게 좋은 분을 주실 거야."라고 한다.

하나님께서 믿음으로 하는 말과 기도를 들으셨다. 그리고 역사하셨다. 정말로 결혼에는 1도 관심 없었던 집사님께서 미국에서 23년을 살다가 귀국한 분과 2019년 10월에 우리 교회에서 결혼식을 올렸다.

어느날 갑자기 아내되실 분이 미국에서 날아 왔다. 그리고

갑자기 남편이 기도한대로, 말한대로 결혼하게 되었다.

우리교회에 선물처럼 왔다. 하나님께서 분명히 이루실 것을 바라보며 믿음으로 기도하고 믿음의 말을 심었더니 하나님께서는 미국에 있는 아내될 집사님을 이곳 소돌로 보내주었다.

"할렐루야"

그리고 집사님은 우리 교회의 장로님으로 임직되서서 이제는 부부가 함께 아름답게 더 신실하게 교회를 섬기고 있다. 우리 하나님께서는 일을 이루실 그 하나님을 신뢰함으로 믿음으로 구하는 기도와 믿음으로 하는 말을 들으시고 일하신다.

세우고 인정하는 말

　모든 사람들은 하나님의 형상으로 지어져 하나님의 속성으로 이루어졌다. 그렇기 때문에 한 사람 한 사람이 소중하고 고귀한 존재이다. 사랑하며 세워져 가야 할 존재들인 것이다.

　그 어떤 사람도 함부로 대해서도 안 된다. 그러나 우리는 사탄이 뿌리는 다양한 부정적인 불화살들로 인하여 때로는 사람이라면 어떻게 그런 말을 할 수 있는지, 마치 짐승과 같은 말들로 서로 상처를 주고 받는 일들이 많이 있다.

　하나님께서 모든 사람들에게는 하나님의 속성을 허락하셨다. 하나님께서 창조하실 때 이미 심어두신 하나님의 속성들이 함께 있기 때문에 모든 사람들의 내면은 인정받고 싶어 하며 세움 받고 싶어한다.

　우리들의 내면에서는 인정받는 말에 항상 목말라 있다. 우리가 느끼지 못 할 뿐이지, 우리 속에 있는 영은 항상 인정받고 싶어하고 인정의 말을 갈급해 한다.

이러한 세워주고 인정하는 말이 우리 속에 채워지지 않을 때 정서적인 허기를 느끼게 된다.

그 정서적인 허기는 돈으로도, 맛있는 것으로도 채워질 수 없는 것이다. 오직 마음의 정서적 허기를 채울 수 있는 것은 세움 받는 말과 인정받는 말이다.

하나님의 형상을 따라 지음 받은 우리들은 우리 속에 하나님의 속성이 있는지라 인정받고 세움 받기를 원하고 있다.

"영접하는 자 곧 그 이름을 믿는 자들에게는 하나님의 자녀가 되는 권세를 주셨으니"(요한복음 1:12)

"무릇 하나님의 영으로 인도함을 받는 그들은 곧 하나님의 아들이라"(로마서 8:14)

그래서 하나님을 아바 아버지라 부른다. 아바 아버지라고 부르는 것은 오직 아들만의 권리이다.

아들 외에 누가 그렇게 부를 수 있겠는가? 아들이라고 인정되는 자에게 주시는 권리이다.

세상에서 내세울 것이 없고 참혹하기 그지없는 우리를 어떻게 해서 하나님께서 내 아들 내 장자라고 하시는 것인가?

그것이 바로 하나님의 사랑이다. 우리를 향한 감히 측량할 수도 없는 사랑이다.

육신의 연약함 가운데 질병으로 고통스러워할 때 가슴에 파묻고서 밤새워 돌보시는 하나님의 사랑이다.

이 세상에서 어쩔 수 없는 죽음의 그림자 앞에 두려워할 때 조용히 다가와 손잡아 주시며 두려워말라고 용기와 힘을 주시는 하나님의 사랑이다.

'가난과 저주 가운데 신음하고 있을 때 너는 할 수 있다'라고 하시면서 두 팔을 높이 쳐들어 올리시는 하나님의 사랑이다.

나 혼자 외로워하고 세상에서 어찌 할 바를 모르고 불안해하고 초조해할 때 성령님께서 우리의 심령을 성전 삼으시고 함께 거하시는 하나님의 사랑이다.

세상에서 죄짓고 방황하고 갈 바를 알지 모를 때 친히 내가 길이요 진리요 생명이라고 말씀하시면서 업어서 인도하시며 이끌어 주시는 하나님의 사랑이다.

하나님께서는 우리를 이토록 인정하시고 사랑하신다. 우리는 하나님의 따뜻한 포옹을 받고 살아가는 하나님의 장자이다. 그러므로 어깨에 힘을 넣으시라!

손에 힘을 불끈 쥐고서 가슴을 펴고 당당하게 세상을 향해 나아가시라!

당신은 사랑받는 사람이다.

당신은 소중한 사람이다.

당신은 가장 고귀한 하나님의 품안에 머물러 있는 사람이다.

"너희가 다 믿음으로 말미암아 그리스도 예수 안에서 하나님의 아들이 되었으니"(갈라디아서 3:26)

우리가 다 하나님의 아들이 된 것이다. 하나님께서는 이토록 우리를 인정하시는데 왜 우리는 우리를 인정하지 않는가?

우리도 서로 인정하고 세워나가야 한다. 하나님은 우리를 인정하시며 세워 나가시길 원하신다.

어느 기독교 가정 사역 기관에서 조사한 결과이다. '부모에게 자녀들이 가장 상처를 많이 받는 말은 무엇일까요?'라는 질문에 1위는 바로 부모가 자녀들에게 비아냥거리며 하는 말, "네가 제대로 할 줄 아는게 도대체 뭐냐?"라는 말이었다.

우리나라 정서상 결과 중심적인 문화가 뿌리 깊이 자리 잡고 있기 때문이다.

과정이 얼마나 노력했냐가 중요한 것이 아니라, 원하는 결과가 나오지 않았을 때 우리는 자녀라도 이렇게 비난하며 막다른 골목으로 몰아 부칠 때가 종종 있다. 부모의 마음은 그렇지 않은데 순간 화가 나면 이렇게 비난하는 말을 하곤 한다.

왜냐하면 우리네 부모들이 인정하는 말, 긍정적인 세워주는 말들을 듣고 자라지 못해서다.

우리나라의 유교적이고 권위적인 문화가 한 몫 했을듯하다. 부모가 '괜찮다', '최선을 다 했으니 충분히 잘 했다.'라며 그 마음을 알아주는 말들을 듣고 자라지 못했으니 자녀들에게도 당연히 서투른 것이다.

그러니 상처도 대물림 되는 것이다. '난 절대로 우리 자녀들에게 내가 받고 자란 상처의 말들을 하지 않을 거야.'라고 다짐을 해보지만 어느새 나도 나의 부모와 똑같은 언어를 사용할 때 깜짝 놀라기도 한다.

자녀들이 부모에게 상처받는 말이 있다면 부모들도 자녀들에게 상처받는 말들이 있다.

부모들이 자녀에게 상처받는 말들 중 1위는 '나한테 해 준게 뭔데?'라는 말이라고 한다.

즉 부모가 나한테 해 준게 뭐가 있다고 이래라 저래라 잔소리 하냐는 말이다.

'진자리 마른자리 갈아주면서, 자녀를 위해 잠 못 자고 마음 졸이며 양육 했더니, 조금 자랐다고 혼자 자란 것처럼 저런 말들을 부모에게 하면, 부모들의 가슴은 찢어진다'는 표현이 정확할 것 같다.

자녀는 자녀대로 부모는 부모대로 서로가 서로에게 인정받지 못하고 마음을 알아주지 않을 때는 결국에는 정서적인 허기가 채워지지 않으므로 가정의 화목이 깨어지고 때로는 가정이 찢어지기도 한다. 이렇게 다람쥐 쳇바퀴 돌 듯이 상처를 주고받으며 힘겹게 살게 된다.

사람들은 서로가 서로에게 상대관계라는 것이 있다. 다른 사람들에게는 인정받지 못해도 견딜만한데 자기와 상대관계에 있는 사람에게 인정받지 못하고 마음을 알아주지 않을 때는 못 견디는 것이다.

꼭 죽을 것만 같이 더 힘겹게 느껴지는 것이다. 그렇다면 각자에게 서로 상대관계란 누구일까?

남편의 상대관계는 바로 아내이다. 남편은 아내의 상대관계이므로 어느 누구보다 아내에게 인정받고 싶은 것이 당연한 것이다. 이것이 채워지지 않을 때는 정서적인 허기를 느끼게 되며 또 다른 문제들이 발생하게 된다.

가끔 드라마를 볼 때 이런 경우를 본다. 남 부러울 것이 없는 한 집안의 가장이 대궐 같은 집을 지키는 교양 있고 예쁜 사모님을 마다하고 아주 보잘 것 없는 여자와 바람이 나는 경우이다. 우리는 드라마를 보면서 남편이 이해가 되지 않는다며 말하곤 한다. 그러나 생각해보면 이 남자는 아무리 돈이 많아도 교양 있고 예쁜 아내일지라도, 그 아내에게 자기를 인정하고 세워주는 말 한마디가 듣고 싶은데, 교양 있는 아내는 남편을 인정하며 세워주는 말 한마디에 인색하다.

날마다 무시하고, 핀잔을 주며, 함부로 대한다. 그러할 때, 가난하고, 보잘 것 없고, 얼굴도 못생겼지만 자기를 세워주는 다른 여자의 인정하는 말이 좋아서 남편은 그 곳으로 갔다.

남편은 자기의 상대관계인 아내에게 인정받지 못하므로 정서적 허기를 느껴 채워지지 않은 허기를 다른 곳에서 찾게 되는 것이다.

아내가 해 주지 않아서 느끼던 정서적 허기를 다른 곳에서 세우고 인정하는 말을 들으므로 채움 받으니 그 곳이 어찌 더 좋지 않겠나?

각 사람들마다 서로의 상대관계에 있는 사람을 짝이라고 말한다. 남편의 상대관계 즉 짝은 아내이며, 아내의 상대관계인 짝은 남편이다.

이들은 서로가 서로에게 인정하는 말을 해 주어야 한다. 이것이 가정을 행복하게 이끌고 갈 수 있는 비결이다.

그렇다면 자녀의 상대관계는 누구일까? 자녀의 상대관계는 부모이며, 학생의 상대관계는 선생님이다.

종업원에게는 사장이며, 성도에게는 목회자가 될 것이다. 목회자의 상대관계는 성도가 된다. 이렇듯 우리는 서로간의 상대관계를 맺고 살고 있다.

나와 상대관계에 있는 사람에게 인정받지 못했을 때 채워지지 않는 갈급함이 생기므로 정서적 허기를 느끼게 되며 괜히 화가 나고 짜증이 나는 경우도 있다.

다른 사람에게 인정받지 못하면 그냥 넘어가지만 나와 상대관계에 있는 사람 즉, 짝에게 인정받지 못하면 비참함과 처절해짐을 느낀다.

세워주고 인정하는 말이란, 하나님의 창조 목적대로 존귀하게 이루어진 존재 가치를 그 가치에 맞게 말해주는 말이다.

겉으로 보기에는 자랑할 것이 없고, 아무것도 내세울 것이 없더라도 그 속에 하나님의 속성이 있으며 하나님의 형상으로 지음 받았기 때문에 세상에 어떤 것보다도 소중하며 존귀한 사람인 것이다.

이제는 우리가 다른 사람에 대해 함부로 말하는 것을 멈추어야 한다.

반지에 박혀있는 다이아몬드를 큐빅이라고 말하면 거짓말이 되는 것처럼 우리는 하나님의 속성으로 또 하나님의 형상을 따라 만들어진 가장 존귀한 존재이다. 고귀한 존재들인 사람에게,

"멍청아"

"바보야"

"넌 할 줄 아는 게 뭐니?"

"야"

이런 다양한 비난하며 깎아내리는 말들은 창조 목적에 어긋난 거짓말이 되는 셈이다.

하나님의 창조 목적에 합당한 말로 서로를 세워주고 인정해 주어야 한다. 그것이 진실한 말이며 진짜가 되는 것이다.

그러할 때 우리들은 정서적 허기 따위는 느끼지 않으며 하나님의 창조 목적대로 세상을 다스리며 사랑하며 살 수 있게 될 것이다.

우리는 성경에 나오는 삭개오에 대해서 잘 알고 있다. 삭개오는 세리장으로 자기의 부만을 위하여 부당한 세금을 징수하여 이웃들의 미움과 멸시를 받았다.

이웃들은 삭개오로 인하여 오는 불이익 때문에 그를 비난하고 무시하는 말을 했을 것이다.

삭개오는 민족의 왕따였다. 삭개오는 키가 작은 듯하다. 이런 삭개오가 죽은 자를 살리고 귀신을 내쫓는 대단한 예수님에 대해 소문을 듣게 된다. 그 예수님은 사랑이 많은 분이라는 말도 듣게 된다. 예수님에 대해 더 많은 이야기를 듣고 싶었지만 어느 누구도 삭개오에게 다정하게 말해 주는 사람은 없었다.

그렇게 만나고 싶던 예수님! 삭개오가 보고 싶어하고 기다리던 그 예수님께서 오늘 여리고성을 지나신단다.

그 예수님을 꼭 만나고 싶고, 보고 싶다는 생각에 삭개오는 지위나 체신도 부끄러움도 잊어버린 채 뽕나무에 올라간다.

주변 모든 사람들에게 인정받지 못하던 삭개오였다. 도리어 민족을 팔아먹는 매국노라고 손가락질 받던 그 삭개오를 예수님께서는 모든 사람들 앞에서 세워주고 인정해 준다.

"삭개오야! 내가 오늘 네 집에 머물러야겠다."

그 곳에 있던 수많은 사람들 중에서 예수님께서 삭개오를 지명하신다. 너무나 유명한 예수님! 모든 사람이 만나고 싶어 하는 그 예수님께서 삭개오의 이름을 부르실 때 삭개오는 세상을 다 가진 기분이었을 것이다.

예수님께서 많은 사람들 앞에서 삭개오의 이름을 불러주시므로, 무시하며 비난하던 모든 사람들 앞에서 삭개오를 세워주셨다. 삭개오의 어깨가 으쓱 올라갔을 것이다. 그리고 예수님께서 많은 사람들 앞에서 자기의 이름을 불러주셨으니 삭개오는 그 날 밥을 먹지 않아도 배가 불렀을 것이다.

예수님께서는 삭개오의 이름을 불러 주신 것 외에는 아무것도 하신 것이 없다.

그러나 그 예수님의 부르심에 삭개오가 어떻게 반응했는지 우리들은 너무나 잘 알고 있다.

"예수님, 나의 소유의 절반을 가난한 자들에게 나누어 주겠

습니다. 또 제가 남의 것을 빼앗은 것이 있다면 네 배로 갚겠습
니다."

예수님께서 삭개오의 이름을 불러 주신 것 외에는 없다. 다
만 '삭개오야, 다른 사람들은 다 무시하고 널 인정하지 않지만
난 너의 이름을 알고 있으며 너의 마음을 알고 있단다. 너를 소
중하게 생각한단다.' 라는 메시지가 담겨 있었다.

민족에게 버림받고 인정받지 못한 정서적 허기와 갈급함이
예수님의 인정하심으로 삭개오는 죄에서 돌이키는 사람이 된
다. 사람은 인정받고 세움 받을 때 변화된다. 잔소리가 사람을
변화시키는 것이 아니라 그 사람이 인정받고 세움 받을 때 변화
가 일어난다. 세우는 말이란 그 사람의 수고와 능력을 알아주는
말이다.

결혼 후 신혼시절에는 시댁이 참 어려운 곳이었다. 시댁 어
른들이 무슨 말을 하는 것도 아닌데 '괜히 서툰 새댁이 실수나
하면 어쩌나' 걱정하는 마음에 더 어려웠다.

명절이 되면 어려운 시댁 식구들에게 눈에 들기 위해서 서툴
지만 뭐든 열심히 했던 기억이 난다.

나의 시어머니께서는 어린 며느리가 힘들까봐 새벽예배 다
녀오신 후에 모든 음식을 다 해놓으시곤 하셨다.

며느리가 깰까봐 큰 소리 나지 않게 조심조심 하시면서 말이

다. 이렇게 나를 사랑해주시고 세워주시는 시댁이었는데도 괜히 지레짐작해서 그냥 어려운 곳이 시댁인 것 같다.

말 그대로 신혼 때의 일이다. 해 보지 않았던 음식 준비며, 설거지와 아직 어려운 시댁에 있는 것 자체만으로도 피곤하고 지치는 시간이었다. 그래도 열심히 어른들을 따라 하느라고 시댁에 있을 때는 힘든 기색도 보이지 않으며 쫓아 다니다 보면 집에 돌아가는 차 안에서 녹초가 된다.

그럴 때 남편이 하는 다른 그 어떤 말보다, "힘들었지? 고생 많았어." 수고했다는 말 한마디 해주면 모든 피곤이 사라지는 듯 했다. 나의 수고를 알아주고 또 그것을 인정해 줄 때 나를 사랑한다고 굳이 말하지 않아도 '이 사람이 나를 사랑하고 있구나!'라는 더 큰 사랑을 느끼게 된다.

만약에 이때 남편이 그까짓거 뭐가 힘들다고 이러느냐고 한다면 나의 수고를 몰라주는 마음에 서운해서 바로 싸움이 일어났을 것이다. 세우는 말은 그 사람의 수고와 고생을 알아주며 인정해 주는 말이다.

어느 집사님의 이야기다. 결혼한 지 15년 정도 되니 권태기도 찾아오고 서로 관계가 소원해져서 자주 싸우고 있다며 이제는 지쳐서 이혼을 생각한다고 조심스럽게 말했다.

마지막 기회라고 생각하면서 행복누리 언어학교에 들어왔

다. 세우고 인정하는 말의 마지막 시간에는 각자의 가정에서 주중에 해야 할 숙제들이 나간다.

"여러분! 이번 주에는 숙제가 있어요. 한 주간 동안 아침마다 출근하는 남편이나 학교 가는 자녀들을 터미널까지 나가서 버스 떠날 때까지 손을 흔들며 배웅해주는 것입니다."

이렇게 말씀드리니 집사님께서는,

"사모님! 저희 집은 아파트인데 어디까지 배웅해 주어야 하나요? 그냥 집안 현관까지만 하면 될까요?"

남편과의 힘든 관계를 아는지라,

"집사님께서는 엘리베이터를 타고 함께 내려가셔서 지하 주차장까지 가셔야 합니다. 그리고 남편의 자동차가 출발할 때부터 보이지 않을 때까지 손을 흔들어 주세요. 그렇게 하시는 것이 집사님의 숙제입니다. 하루만 하시는 것이 아니라 한 주간 내내 그렇게 배웅하시는 거예요"했더니 어떻게 하냐며, 투정을 부리신다.

그러나 한 번 해보겠다고 다짐을 하시며 돌아갔는데 한 주간 동안 집사님의 기도가 저절로 되었다.

한 주간이 지난 후, 집사님의 표정이 왠지 지난주보다 밝아진듯하다. 결혼 후 15년 동안 이번 주같이 남편을 배웅해 본적은 처음이었다고 한다.

배웅을 시작한지 처음 며칠간은 남편도 별다른 반응을 보이지 않았다고 한다.

생전 하지 않던 출근 배웅을 한다 하니 의아해하면서도 아마도 주차장에 무슨 볼일이 있나보다 생각하는 듯 했다고 한다. 그렇게 3, 4일이 지난 후에도 그만 두지 않고 계속 출근 배웅을 해주게 되었다. 이제는 남편이 "무슨 일 있냐며 왜? 갑자기 안 하던 행동 하냐"며 핀잔을 주었단다.

차마 행복누리 언어학교 숙제라서 마지못해 하는 것이라는 말이 목까지 올라왔는데 참고, 그래도 한 주간동안 멈추지 않고 계속 숙제를 잘 하였노라고 이야기 했다.

그렇게 한 주간의 출근시간 '배웅해주기' 숙제가 끝이 나고 다음 주에는 배웅을 해 주지 않았다고 한다.

그랬더니 남편이 "오늘은 왜 배웅해 주지 않느냐"며, "배웅해 줘서 너무 좋았다"고 하더란다. "다시 배웅해주면 안 되겠냐"고 해서 다시 배웅하기 시작했다고 한다.

그 전에는 집에서 출근하는 남편을 쳐다보지도 않았는데, 이제는 함께 승강기를 타고 주차장으로 내려와서 출근하는 남편의 차량이 보이지 않을 때까지 손을 흔들어 주었는데, 처음에는 손을 흔드는 손 위치도 마지못해서 하니 보일락 말락 하게 흔들던 손도 이제는 점차 마음이 열리면서 굳은 표정도 펴지고 진심으로 잘 다녀오라며 흔들게 되었다고 간증한다.

그 후에 이혼 위기에 처해있던 집사님의 가정은 하나님께서

서서히 회복시키셨다.

집사님의 남편은 굳이 아내 집사님께서 '사랑한다. 우리 가정에서 당신이 최고예요'라고 말하지 않더라도 아내가 매일 아침 승강기를 함께 타고 주차장까지 와서 남편의 차량이 보이지 않을 때까지 손을 흔드는 것을 보면서 분명히 저 아내가 남편을 많이 사랑하고 있음을 알게 되었을 것이다.

이것이 바로 그 사람을 세워주는 말이다.

버스를 타는 자녀들은 함께 버스 타는 곳까지 걸어가면서 다양한 이야기를 나눌 수 있다.

눈에서 보이지 않을 때까지 손을 흔들고 있는 부모를 보면서 나의 부모가 나를 얼마나 사랑하고 있는지를 알게 해주는 귀한 계기가 될 것이다. 보이지 않을 때까지 손을 흔들어주면 상대방의 얼굴이 환하게 펴짐을 보게 된다.

다른 사람을 세워주는 말에 인색하지 말라.

우리 모두는 세움 받고 싶고, 인정받고 싶은 말에 굶주려 있는 시대에 살고 있다. 인정하는 말은 사람의 마음을 사로잡는 비결이다.

어떤 사람과 일을 할 때, 핀잔을 주며, 짜증을 낸다거나, 다그치는 사람과는 다시는 함께 일하고 싶지 않은 반면, 별스런 일을 하지 않음에도,

"수고했다. 고생했다."

"당신 덕분에 잘 끝날 수 있었다."

"당신이 최고예요."

"역시 최고야"라고 말해 주는 사람과는 힘든 일을 하더라도 힘이 들지 않으며 언제든 다시 함께 일하고 싶어진다.

세워주는 말이란? 다른 사람들 앞에서 그 사람을 인정하고 체면을 세워주는 말이다.

사람이 공개적인 장소에서 말로써 상처를 입으면 그 순간 민망함과 함께 마음은 경직되어 버린다.

어떤 목사님의 간증이다. 초등학교 다닐 때 목사님 자녀와 교회에서 싸웠는데 목사님 자녀의 팔이 부러졌다고 한다. 다음 날 교회 사모님께서 학교에 찾아와 학생들과 선생님들이 다 보는 앞에서 야단을 치면서 다시는 교회에 나오지 말라고 하였다.

어린 마음에 너무 창피하고 속상해서 그 길로 교회 안 나가서 30년을 교회에 나가지 않았노라고 한 이야기가 생각난다.

만약에 사모님께서 조금만 참고 아무도 없는 곳으로 조용히 불러서 타일렀다면 다른 결과가 나왔으리라 생각한다.

아무리 큰 잘못을 했을지라도 시간이 좀 지난 후에 조용히 말하는 것이 좋을듯싶다. 사람들 앞에서 무안을 당하면 그 사람은 마음의 문을 닫아 버리게 된다.

모든 사람들은 고귀하고 존귀하며, 사랑받고 세움을 받아 마땅한 사람들이기 때문에 무안과 무시를 받으면 상처를 받는 것이 당연한 것이다.

우리 교회 행복누리 언어학교에서는 매시간 시간마다 실습 시간이 있다. 함께 강의를 듣는 동기들끼리 강의 내용을 바로 바로 실습해보는 것이다.

"자, 가까이 계신 두 사람씩 짝을 지어서 앉아 주세요. 마주 바라보시고 손도 잡아주세요. 부부는 함께 손잡으시고 되도록 동성끼리 하셔야 합니다. 그리고 상대방에 눈을 지그시 쳐다보세요."

"하하하하"

"까르르, 까르르"

"사모님! 매일 보던 사람들인데도 갑자기 손을 잡으니 부끄러워서 눈을 못 쳐다보겠네요."

그러나 금세 진지해진다.

"내가 이 교회를 오랫동안 다녔지만 집사님의 손을 처음 잡아보네." 하면서 서로의 손을 만지기도 하고 등도 쓰다 듬는다. 아무 말 하지 않고 그냥 손을 맞잡고 눈을 쳐다보는 것이다. 그런데 성도님들의 눈에 벌써부터 눈물들이 한가득 고인다.

"여러분! 앞에 손을 맞잡고 계신 분에게 눈을 보시면서 진심으로 말해주세요. 집사님! 장로님! 권사님! 당신은 소중한 사람입니다. 당신은 존귀한 사람입니다. 당신은 최고예요. 역시 당신은 대단하세요. 그리고 평소에 교회를 위해서 수고하셨던 섬김을 기억하셔서 구체적으로 인정해주시고 감사하다고 말씀해주세요. 그동안 마음으로만 알고 있고 표현하지 않았던 말들을 오늘은 표현해 주는 시간을 가지겠습니다. 당신은 최고라고 말해주세요. 지금 너무 잘 하고 있다고 말해주세요."

이렇게 조별모임을 가지는데 뜻하지 않게 눈물바다가 되었다. 한 분의 권사님께서 훌쩍거리며,

"집사님아! 내가 그동안 너한테 이런 말 한 번도 못했는데 그동안 참 고생 많았고 잘 살아줘서 너무 고맙다."

이러고 우니 상대방 집사님도 함께 울며 어느새 그 공간에 있는 모든 성도들이 서로가 서로에게 그동안 하지 못했던 말들을 해주며, 여기서도 훌쩍 저기서도 훌쩍거린다.

그리고 서로 안아주고 손을 맞잡은 채 기도도 하며, 마음을 알아주며, 나눌 수 있는 귀한 시간이었다.

오랜 세월을 같은 교회 안에 있으면서, 마음속에 풀지 못했던 응어리가 있었던 성도들도 이렇게 손을 맞잡고 수고를 인정해주며, 진심을 말했을 때 오해가 조금은 풀어지는 듯 했다.

성도 간에 바라보는 눈빛들이 사랑스러워진다.

용서의 말, 화해의 말

우리 가정이 결혼 한지 30년이 다 되어 간다. 그런데 우리 가정은 하나님의 은혜 가운데 감사하게도 수많은 가정에서 겪는 권태기라는 것을 가져 보지를 않았다.

날이 가면 갈수록 남편이 더욱 사랑스러워지며, 자랑스럽게 느껴지고, 남편도 결혼 초기 보다 더욱 더 나를 사랑해줘서 항상 고맙다.

나는 결혼을 하고서 하루도 빠지지 않고 기도하는 것이 있다. 그것은 시간이 가고 해가 거듭될수록 우리 부부 서로가 더 좋아지며, 행복한 가정을 이루게 해 달라는 기도를 매일 하나님께 올려드린다.

남편은 결혼하면서 붙든 말씀이 있다고 한다. 바로 에베소서 4장 26절에서 27절의 말씀이다.

"분을 내어도 죄를 짓지 말며 해가 지도록 분을 품지 말고 마귀에게 틈을 주지 말라"(에베소서 4:26)

그래서 우리 가정에는 말다툼이 있어도 하루 해가 저물기 전에 꼭 화해를 하고 잠이 든다. 이것이 우리 가정의 철칙처럼 여기며 살아가고 있다.

사람의 마음 상처는 하루가 지나면 그 감정이 사라진 것처럼 느껴져도 우리 마음이라는 유리창에 미세한 줄이 그어진 것처럼 상처가 나 있게 마련이다.

그런데 이 상처가 한 줄이면 문제가 없다. 두 줄, 세줄, 그렇게 계속해서 쌓이다 보면 어느새 유리창이 뿌옇게 되고 유리창 너머가 잘 보이지 않게 된다.

그렇다면 우리는 두 가지의 선택을 할 수 있다. 한 가지는 유리창이 뿌옇더라도 그러려니 하고 살아가는 방법이 있고, 또 한 가지는 잘 보이지 않는 유리창을 새로 갈아 넣는 방법이 있다.

새로 갈아 넣는 방법이라는 것은 이혼을 선택하는 것을 말하며, 그러려니 하고 살아간다는 것은 서로에 대한 기대감이 없이 우리가 흔히 말하는 정으로 살아간다는 것이다. 둘 다 불행한 것이다.

우리에게 주어진 소중한 가정을 행복으로 만들어 가야 하는 것이 아닌가? 그래서 소중한 우리 가정의 행복한 모습을 통하여 다른 가정에 이 행복을 전해야 하는 것이 복음을 가진 우리의 사명인 것이다.

그렇다면 어떻게 가정을 행복하게 만들어 나가며, 서로가 마음의 상처를 주지 않을 수 있을까?

부부라는 것은 다른 문화에서 살다가 한 가정을 이루게 되며, 다른 가문의 풍습을 가지며, 또 다른 학식과 경험 등 수많은 이질적인 것을 하나로 합치는 것이다.

당연히 다툼이 생기고, 갈등이 있을 수밖에 없다. 이런 갈등을 모른 채 하고 살아가라는 말은 아니다.

나 스스로 고개 숙인 채, 당연 순종이라는 단어를 떠 올리면서 무조건 참으라는 말도 아니다. 당연히 다툼이 생길 수 있고, 갈등이 생길 수 있다.

하지만 해가 지도록 분을 품지 말라는 것이다. 하나님의 말씀이 그러하니 순종해보자는 것이다.

우리 가정을 생각해 보면 항상 남편이 먼저 사과하는 편이다. "남편은 이를 두고 여자들은 자존심을 먹고 사는 존재이니 자존심 꺾어서 여자가 먼저 사과하는 것보다 남자인 본인이 먼저 사과하는 편이 더 낫다."며 고맙게도 항상 먼저 하는 편이다. 이런 용서와 화해의 방법을 통하여 우리 부부사이에는 골 깊은 감정은 없다.

물론 우리 가정이 다른 가정들보다 갈등이 없고 싸우지 않았다는 말이 아니다. 우리도 동일하게 갈등이 있었고, 다툼이 있었다.

그러나 한 가지! 해가 지도록 분을 품지 않았다는 것이다. 남편이 항상 다투고 나서 화해를 청하고자 할 때 하는 말이 있다.

"내가 잘못했소. 당신을 사랑해요."

어찌 보면 모든 가정에서 하는 말이다. 그런데 이런 용서의 말을 다툼의 현장에서 진심으로 사과의 말과 화해의 장소로 가져와서 이야기 해 보라!

마음이 눈 녹듯 녹아지고, 미움, 분노 등이 사라진다.

무엇이 당신의 가정을 위기로 몰아가고 있는가?

용서의 말과 화해의 말이 없는 것이 아닌가?

"너희는 이같이 요셉에게 이르라 네 형들이 네게 악을 행하였을지라도 이제 바라건대 그들의 허물과 죄를 용서하라 하셨나니 당신 아버지의 하나님의 종들인 우리 죄를 이제 용서하소서 하매 요셉이 그들이 그에게 하는 말을 들을 때에 울었더라"(창세기 50:17)

요셉은 형들에게 죽임을 당할뻔하였다. 죽음의 현장에서 타협을 한 것이 노예로 팔린 것이다. 요셉은 그 현장에서 죽일까 하는 소리도 들었고, 노예로 팔리면서 돈을 건네받는 것도 보았다. 자신의 목숨을 가지고 거래하는 현장을 눈으로 본 것이다.
이런 요셉에게 용서라는 단어가 생길 수 있을까?

그러나 하나님의 자녀들은 하나님의 말씀을 간직하고 있는
자들이다. 하나님의 말씀을 따른다면 용서의 장면에서 울어라!
눈물은 최고의 용서의 말이고, 화해의 말이다.

그리고 해가 지도록 분을 해결하지 않았다면 잠을 자지 말
라! 오늘보다 내일의 행복을 위해서는 깨어 있으라!

그리고 "내가 잘못했어요. 당신을 사랑합니다"라는 말로 화
해하라, 그리고 용서하라!

일으키는 말(격려의 말)

"열두 제자 중의 하나로서 디두모라 불리는 도마는 예수께서 오셨을 때에 함께 있지 아니한지라 다른 제자들이 그에게 이르되 우리가 주를 보았노라 하니 도마가 이르되 내가 그의 손의 못 자국을 보며 내 손가락을 그 못 자국에 넣으며 내 손을 그 옆구리에 넣어 보지 않고는 믿지 아니하겠노라 하니라"(요한복음 20:24~25)

3년 동안 예수를 믿고 따르던 도마는 예수님이 십자가에 달려 돌아가신 것을 보고 낙담과 실망감에 사로잡혔다.

얼마나 실망하고 좌절을 하였던지 부활하신 주님께서 나타나셨음에도 불구하고 많은 사람들이 예수님이 부활한 것을 보았다고 해도 믿지 않았다.

"도마야, 도마야! 우리가 예수님 부활하신 것을 보았다."

"주님을 만났다."라고 해도 의심 많은 도마는 "예수님의 옆구리에 창 자국과 못 자국을 만져 보기 전에는 내가 예수님의 부활을 믿지 않겠다."고 했다.

그때 예수님이 도마에게 나타나셨는데, 중요한 것은 하나님의 영광스러운 형상을 예수님께서 입지를 않으셨다.

창에 찔리신 창 자국과 못 박힌 못 자국의 모습이 뭐가 그렇게 자랑스러우실까? 내 생각으로는 하나님의 형상이 더 자랑스럽지 않았을까?

그러나 예수님은 십자가에 죽으시고 부활하신 뒤에도 하나님의 형상을 입지를 않으셨다. 그냥 육체의 형상 그대로 계셨다. 제자들에게 나타나셔서 도마에게 못 자국을 보여주시고 옆구리의 창자국을 보여 주시면서 "믿는 자가 되어라."고 하셨다. 예수님은 하나님의 형상을 얼마든지 가질 수가 있으셨지만 하나님의 형상을 가지시지 않으셨다. 그냥 육신으로서 죽으실 때의 창 자국 난 모습, 손과 발에 못 자국난 모습을 가지고 계셨다.

그분은 영광을 가지실 수 있으셨다. 그리고 죽으실 이유가 전혀 없으심에도 불구하고 사랑하신다는 이유로 우리를 위해 죽어 주셨고, 우리를 사랑해서 스스로 죽으신 그 창 자국과 피 흘리신 손과 발의 못 자국난 모습을 자랑스럽게 여기셨다.

"이것이 너희를 사랑한 나의 표시다. 이것이 너희를 향한 승리의 표시다."라고 말씀하신다.

우리 주님께서 하나님의 형상으로 나타나시지 않으시고 도리어 사람의 형상으로 나타나셔서 '내가 너를 위해 매 맞았으며, 내가 너를 위해 창에 찔렸으며, 내가 너를 위해 십자가에 못 박혔다.'는 것을 보여 주셨다.

왜 예수님께서는 이렇게 낮고 천한 모습으로 나타나셨을까? 우리가 실패하여 낙망하고 좌절할 때 하나님이신 예수님께서 나를 위해 죽으셨고, 다시 부활하심을 잊지 말고 기억하라는 말씀이다. 하나님께서는 예수님의 부활하심 즉 사탄의 모든 궤계(사탄의 속임수)를 박살내시고 승리하신 것처럼 나도 승리할 것이라고 말씀하신다.

예수님의 승리하신 것을 보면서 좌절과 낙심이 아니라 승리를 외치라고 말씀하신다.

오늘도 예수님께서는 낙심의 현장 부정적인 현장에서 내가 이겼으니 너도 일어나서 여호와의 빛을 발하라고 말씀하신다. 오늘도 함께 계심으로 일으키시고 격려하신다.

KPM선교센터에 행복누리 언어학교 수업을 갔을 때 언어 학교 실습시간의 이야기다.

내가 살면서 어떠한 어려운 상황이나 환경에서 나를 일으켜 세우는 말을 들은 적이나, 내가 누군가를 일으켜 세우는 격려의 말을 해 본적이 있는지 나누어 보는 시간이었다.

한 선교사님의 간증하신 내용이 기억에 남는다. 이 선교사님 께서는 어릴 적 부모님의 이혼과 재혼, 그리고 새 엄마와의 좋지 않은 관계로 인해 너무나 힘들게 어린 시절을 보내며 어느 한 곳 마음 둘 곳이 없었으며 집에도 들어가기 싫었다고 한다.

세상에 모든 게 다 싫어지고 어느 누구도 나의 편이 되어주는 사람이 없으며 세상에 나 혼자 버려진 것처럼 힘들었다고 한다. 그 때 오직 한 사람, 어린 선교사님의 마음을 알아주며, 편이 되어 주시는 분이 있었는데, 선교사님이 다니시던 태권도 관장님이었다.

모든 사람들이 선교사님에 대해 관심이 없는 듯 했고, 어느 누구도 선교사님의 마음에 대해 알고 싶지 않을거라 생각하고 있었다. 그런데 태권도 학원을 갈 때마다 관장님의 따뜻한 말 한마디 한마디가 어린 선교사님을 세워주는 귀한 계기가 되었고, 외톨이로 낙심해 있던 어린 선교사님은 태권도 관장님의 격려의 말 덕분에 다시 일어날 용기가 생겼단다. 이 격려의 말이 지금은 또 다른 사람을 세워가는 사명을 감당하는 선교사가 될 수 있었노라고 간증하였다.

사람은 누구나 어려운 상황에서 일어날 수 있는 격려의 말이 필요하다. 평소에 학교에서 시험만 치면 꼴찌를 도맡아 하는 아이가 있었다. 이 아이가 하루는 100점 만점에 80점의 시험 점수를 받은 것이다. 이 아이는 학교에서부터 신이 나서 시험지를 흔들며 집으로 들어갔다.

"엄마, 나 80점이나 받았어"

내 아이가 이렇게 말한다면 나는 과연 어떤 반응을 보이는 부모인지 생각해보자.

첫 번째 엄마는 "아이고, 문제가 쉬웠나보네."라고 말한다. 아이를 믿지 못하는 불신형 엄마이다.

맨날 꼴찌하는 우리아이가 이 정도의 점수를 받을 정도니 당연히 문제가 쉬워서 다른 아이들은 더 좋은 점수를 잘 받았을 거라는 이야기다. 이런 말들은 아이에게 좌절감을 준다.

두 번째 엄마는 "네가 80점의 점수를 받았으면 옆집 철수는 100점 받았겠네."라고 말하는 비교형 엄마도 있다.

세 번째 엄마는 "에이, 조금만 더 잘했으면 100점이잖아."라고 말하는 욕심형 엄마도 있다.

마지막으로 "아이고, 웬일이냐? 네가 80점을 다 받고 내일은 정말 해가 서쪽에서 뜨겠네."라고 비아냥거리는 조롱형 엄마도 있다.

우리는 어떤 쪽에 가까운지 생각해보자. 아이들에게 좌절감을 주는 말들은 그 아이의 좋은 싹들을 잘라버리게 된다.

결혼하기 전에 경험한 일이다. 섬기던 교회에 주일학교 초등부 성가대 오디션이 있었다. 지휘로 섬기던 내가 아이들의 실력을 한명씩 테스트하여 세워가는 과정이었다. 순서를 기다리던 한 친구가, "선생님, 민석이가 왔어요."

그런데 그 자리에 있던 모든 아이들이 깔깔거리며 웃는게 아닌가.

"세상에 민석이가 성가대를 한다고?"

"진짜 웃긴다."

"지나가는 개가 웃겠다."

아이들의 이런 소리가 내 귀에 들렸다. 교회가 큰 교회라 초등부 아이들이 200명이나 되니 난 그 때만 해도 그 아이에 대해 잘 알지 못했다. 일단 왔으니 오디션을 보기 시작했다.

"민석아 이리 와서 가장 자신 있는 찬양 한 곡 해볼래?"

그 아이의 찬양하는 소리를 듣고 아이들이 왜 그렇게 반응하는지 알 수 있었다. 민석이는 음 이탈이 너무 심해서 음정이 제대로 잡혀지지 않았다. 말 그대로 음치였다.

그러나 민석이 자신도 음정이 제대로 잡혀지지 않는다는 것을 분명히 알고 있었을 것이다.

자기가 다른 아이들과 다르게 찬양하고 있다는 것도 알았으리라. 그럼에도 그런 창피함보다 하나님께 찬양을 올려드리는 성가대가 꼭 하고 싶다는 생각이 더 컸기 때문에 여기에 왔을 거라는 생각을 하니 차마 이 친구를 성가대 오디션에서 탈락시킬 수가 없었다. 나는 음치인 이 아이를 합격시켰다.

다른 아이들이 어떻게 저런 아이를 합격시킬 수가 있냐고 야단이었다. 그런데 더 큰 문제는 지금부터이다.

난 이 아이를 매주 성가대에서 솔로를 시키니 이제는 솔로는 당연히 "민석이가 할 것 같다. 처음에는 왜 저런 아이를 솔로를 시키냐?고 말도 많았지만 매주 시키니 이제는 솔로는 당연히 "민석이가 할 거야." 아무도 이의를 제기하지 않았다.

그런데 놀라운 일이 일어났다. 어느 날부터는 이 아이가 정확한 음정을 내기 시작하는 것이 아닌가? 하나님께서 민석이의 음치를 고쳐주셨다.

"할렐루야"

그 후 몇 년이 지나서 난 결혼하였고, 세월이 지나니 민석이라는 아이는 잊어버렸다. 결혼해서 이사를 온 후 섬기던 교회와 다른 지역에서 살고 있었다.

그러던 어느 날 집으로 전화 한통이 왔다.

"거기가 이경미 선생님 집인가요?"

"네 그런데요. 누구신가요?"

"선생님, 저 민석이예요. 음치였는데 선생님이 할 수 있다고, 열심히 부르다 보면 더 좋은 소리를 낼 수 있다고 격려해 주시고 성가대에서 매주 솔로를 시키셨던 그 민석이예요."

나는 깜짝 놀랐다.

"선생님의 격려의 말 덕분에 제가 노래를 포기하지 않았어요. 그리고 지금은 성악을 공부하고 있어요."라고 소식을 전해 주었다.

음악대학교 합격 소식을 받자마자 내 생각이 나서 수소문 끝에 이렇게 전화한다는 내용이었다. 너무 반가웠고, 하나님의 섭리하심이 놀라웠다.

그때 시기에 TV프로그램 중에 〈TV는사랑을싣고〉라는 방송이 있었다. 그 방송의 취지는 연예인들이나 사회 유명 인사들이 과거에 도움을 주신 분들이나 은사들을 찾아내서 감사하고 감격해하는 프로그램이었다.

"민석아, 열심히 공부해서 세계에서 유명한 사람이 되어라. 그리고 〈TV는 사랑을 싣고〉에 나가서 선생님을 다시 한번 찾아주라."는 격려의 말로 통화를 마무리한 적이 있다.

이렇듯 격려의 말은 그 사람의 편이 되고 힘이 되어주는 말이다. 누군가 상담을 할 때 옳고 그름을 판단해주는 것보다 그냥 묵묵히 들어주고 그 사람의 편이 되는 말을 해 줄 때 더 힘이 되는 경우가 많다.

몇 년 전 탤런트 최강희(홍도 분) 씨가 〈하트 투 하트〉라는 드라마에 주연으로 출연한 적이 있었다.

주인공(홍도)은 어릴 적 트라우마로 인해 밖에 나갈 때는 할머니의 모습으로 다니고, 아무도 없는 집에서만 20대 아가씨의 모습으로 살고 있었다.

어릴 적 함께 놀았던 주인집 친구인 일석과 이석이가 있었고 이 둘은 쌍둥이었다. 일석과 이석이는 홍도의 가장 친한 친구들이었다.

이들은 숨바꼭질을 하다가 일석이가 장독대 안에 숨게 된다. 일석이는 동생인 이석이에게 "장독대 뚜껑을 닫아 달라" 부탁한다. 이 때 이석이는 형이 나오지 못하도록 장독대 뚜껑을 세게 누르면서 닫게 된다.

공교롭게도 형이 숨어있던 창고에 불이 나면서 세게 눌러 놓은 장독대 뚜껑을 열지 못한 형은 그 자리에서 죽게 된다.

동생 이석이는 자기가 형을 죽였다는 죄책감으로 인해 평생을 강박증으로 힘들게 인생을 살게 된다.

이석은 정신과 의사임에도 불구하고 강박증의 증상이 점점 심해져서 급기야 혼자서는 어떤 환자도 진료할 수 없는 상황이 된다. 이럴 때 이석이는 선배 의사를 찾아가고 그 선배 의사가 이석이에게 건네는 격려의 말이다.

"이석아! 너의 형 일석이가 죽은 것은 사고였어. 그 때 그 상황에서는 누구든지 충분히 그럴 수 있어. 넌 그 때 5학년이었잖아. 어린 아이였어. 당연히 나보다 잘난 형이 없어졌으면 좋겠다고 생각하는 건 어린아이였기 때문에 그럴 수 있어"라며 이석이를 위로하고 격려한다.

극중에서 이석이는 선배와 또 다시 만난 어릴 적 친구 홍도의 위로와 격려로 점점 회복되며 치료되어져 가는 과정을 그린 드라마이다.

격려의 말 한마디는 사람을 살리며 일어날 힘이 없는 사람을 다시 일으키는 말이 된다.

미국 존스 홉킨스 대학병원 벤 카슨의 이야기다. 신의 손이라는 별명을 가지고 있으며 4살짜리 만성 뇌염이며, 하루에 120번씩 발작하는 아이를 완치시킨 벤 카슨이다. 1987년 샴쌍둥이 수술을 성공시켜서 신의손이라는 별명을 얻게 된다.

그러나 벤 카슨은 어두운 성장기를 보낸다. 8세 때 부모님이 이혼하고 불량소년들과 어울려 싸움질을 하는 것이 전부인 흑인 불량소년에 불과했다.

초등학교에서는 항상 꼴찌였으며 지진아였다. 초등학교 5학년까지 구구단을 외우지 못했으며 산수 시험을 치면 한 문제도 맞추지 못해서 친구들에게 항상 놀림거리가 됐다.

그러한 벤 카슨이 지금은 '신의 손'이라는 별명을 가진 의사가 되어 있다. 한 기자가 물었다.

"선생님, 오늘날 당신을 있게 한 사람은 누구인가요?"

벤은 망설이지 않고 말했다.

"그분은 소냐 카슨, 나의 어머니입니다. 학교에서 구구단을 외우지 못해서 남아서 공부를 하거나 시험 점수가 모자라 손바닥을 맞고 돌아오면, 빨갛게 부어있는 나의 손을 꼭 잡고 입을 맞추며 이렇게 말했습니다."

"벤 넌 마음만 먹으면 뭐든 잘 할 수 있단다."

이 어머니의 격려의 말 덕분에 중학교 때부터 공부에 집중할 수 있었고 지금의 벤 카슨이 되었다고 한다. 격려 언어란 힘이 되고 편이 되어주는 말이다.

우울증에 걸린 한 사람이 있었다. 매일 매일 죽고 싶다는 자살 충동이 있었다. 자기도 이 유혹에서 벗어나고 싶었다. 하루는 인터넷 공개 창에 자기의 일기를 공개하게 된다.

"나는 하루 하루가 죽고 싶다는 생각으로 가득 차 있습니다. 그러나 나는 살고 싶습니다. 이 충동에서 벗어나고 싶습니다. 나 좀 살려 주십시오."

이 글을 본 수많은 사람들, 그 사람을 알지도 못하는 세계 각국의 사람들에게서 격려의 댓글이 수백 개가 올라왔다.

"힘내세요."

"당신은 잘못이 없어요."

"당신은 할 수 있어요."

"우리가 당신과 함께 할께요."

"나는 당신 편이예요."

"당신을 위해서 기도할께요."

이런 수백 개의 댓글을 보면서 이 사람이 용기를 얻었고 결국에는 우울증에서도 놓임을 받았다. 격려 언어란 그 사람의 마음을 알아주며 함께 공감해주는 말이다.

한 초등학교 미술시간에 모든 학생들에게 깨끗한 종이를 나눠주고 그림을 완성해보라 하였다. 얼마 지나지 않았는데 한 아이는 떨리는 입술로 선생님 앞으로 다가왔다.

"선생님 새 종이가 있나요? 이번 건 망쳤어요."

선생님은 온통 얼룩진 종이를 받고 깨끗한 새 종이를 다시 주었다. 그리고 그 아이의 지친 마음을 향해 속삭였다.

"애야 이번엔 더 잘 해보렴."

우리는 오늘 떨리는 마음으로 주의 보좌 앞으로 갔다.

하루가 끝났다.

"주님 새 날이 있나요? 오늘은 망쳤어요."

주님은 온통 얼룩진 내 날을 받고 깨끗한 새 날을 주셨다.

그리고 나의 지친 마음을 향해 속삭였다.

"애야, 내일은 더 잘 해보렴."

오늘도 예수님께서는 우리를 격려하신다.

성경에는 두려워말라는 단어가 365번이 있다.

날마다 주님께서는 세상을 보며,

"두려워하지 마라."

내가 너와 함께 하니 잘 할 수 있다고 다시 일어서보라고 격려하신다. 격려의 말이 필요 없는 사람은 아무도 없다.

"여러분! 오늘도 짝을 지어서 옆에 계신 분들에게 격려의 말을 해 보세요.

권사님, 제가 늘 당신을 위해 기도하겠습니다.

장로님, 하나님께서 장로님과 함께 하십니다.

성도님, 나는 당신 편입니다.

그리고 격려의 말과 힘내라고, 그리고 울고 싶으면 울어도 된다고 말해주세요. 괜찮다. 당신 잘못이 아니라고…"

그리고 조별로 둥글게 앉아서 살아오면서 격려의 말을 들었

던 적이 있는지, 또 격려의 말을 해준 적이 있는지 나누게 했다. 우리는 모든 사람이 마음 깊은 곳에서 이런 격려와 인정의 말들을 향한 갈급함들이 있다.

왜냐하면 하나님께서 사람을 창조하실 때 인정, 격려, 칭찬하며, 세워가는 말들로 치유와 회복이 일어나게 창조하셨기 때문이다. 그러나 죄로 인하여 격려와 인정의 말들보다 서로 간에 상처가 되는 말을 주고 받다보니 조금의 격려와 인정의 말만 있어도 변화가 눈에 보인다.

오늘도 어김없이 우리 교회의 행복누리 언어학교는 눈물의 시간이 되었다. 서로의 손을 잡고, 등을 쓰다듬어 주며, 때로는 부둥켜안고 통곡을 하시는 분도 있다.

무엇이 우리를 이렇게 아프게 한걸까? 시간 시간마다 채워가시는 하나님의 은혜가 너무나 감사한 시간이다.

칭찬의 말

　우리 교회 장로님께서 운영하시는 식당에서 있었던 일이다.
함께 식사중인 우리 식탁 바로 옆 테이블에서 세분의 여자 분이
있었다. 이야기의 초첨은 한 분이 많이 아파서 한의원에 갔는데
그 곳에 칭찬의 방이 있었다고 한다.
　아픈 곳을 만져주고 칭찬해주면 그 상처가 빨리 치료되는 효
과가 있다고 과학적으로 증명됐다는 이야기이다.
　이런 이야기들을 하면서 말에 이런 능력이 있는지 몰랐다며
정말 신기하단다.
　교회가 아닌 보편적인 식당에서 말의 능력에 대해 들으니 나
는 귀가 쫑긋해서 식사는 뒷전이고 한참을 그분들의 대화를 엿
들은 적이 있다.

"도가니로 은을 풀무로 금을 칭찬으로 사람을 단련하느니라"(잠언 27:21)

보석의 원석에도 많은 불순물이 있는데 그 불순물을 제거해야 비로소 찬란한 보석이 되듯이 우리 속에도 여러 가지의 불순물들이 있다.

많은 사람들이 그 불순물을 제거하는 말이 '비판'이라고 생각한다. 그래서 사명을 가지고 비판을 하는 사람들도 종종 있다. 그러나 비판을 받으면 사람은 더 움츠려든다.

더 변하지 않는다.

마음은 더 굳어진다.

우리 속에 있는 불순물을 제거하는 것은 바로 칭찬의 말이다. 칭찬은 사람을 금 같은 사람으로 만든다. 금같은 사람은 태어나는 것이 아니라 칭찬으로 만들어진다.

인간의 뇌 무게는 150g이며 세포 수는 140억 개이다. 보통 사람들은 뇌의 10% 정도만 사용하고 죽는다. 그렇다면 나머지 사용하지 못한 90%의 세포를 깨우는 말은 무엇일까? 그 말은 바로 칭찬의 말이다.

미국의 심리학자 로렌소 교수가 한 초등학교에 가서 실험한 결과이다.

한 반에 들어가서 IQ 테스트를 한 후 결과를 모르는 상태에서 무작위로 10명의 아이들을 뽑아서 "넌 머리가 참 좋구나!" 대단하다"라고 칭찬해 주었다.

1년 뒤에 동일한 반에 들어가서 IQ 테스트를 다시 했다. 결과를 보니 1년 전에 무작위로 10명의 아이들에게 칭찬을 해준 그 아이들의 IQ가 최소10%에서 최고 30%까지 높아진 결과가 나왔다. 이렇듯 칭찬의 말은 뇌의 잠재된 잠재력을 깨우는 말이다.

피그말리온 효과라는 심리학적 용어가 있다. 그리스 신화에서 따온 이 말은 자기 충족적 예언 즉, 어떻게 행동하리라는 주위의 예언이나 기대가 행위자에게 영향을 주어 결국 그렇게 행동하도록 만든다는 이론이다.

예를 들면 교사가 어떤 학생을 우수할 것이라는 기대를 갖고 가르치면 그 학생은 다른 학생보다 우수하게 될 확률이 높다는 이론이다. 이 이론은 가정과 사회에 그대로 적용된다.

오래 전 서울대학교 학생 120명을 대상으로 '학습효율을 높이는데 영향을 미친 요인'에 대한 설문조사에 따르면 부모의 신뢰가 자녀의 성적에 좋은 영향을 미치는 것으로 나타났다.

조사대상의 절반이 넘는 70명에 해당하는 약 58%가 '부모의 신뢰'를 중요한 요인으로 꼽았다.

부모의 긍정적인 기대가 자녀의 학습에 절대적인 영향을 미친다는 것을 알 수 있다.

또 학생들은 부모가 주위 사람들에게 자신에 대해 자랑스럽게 이야기하고 자녀를 이해하려고 노력하며 강요하기보다는 스스로 판단해 공부하도록 했다.

특별히 어떤 학생은 학교에 필요한 수십 권의 책 목록을 내밀었을 때 집안 형편이 어려운 상황에서도 모두 구입해 주면, 부모가 자신을 믿고 칭찬해준다고 느꼈다고 밝혔다.

결국 부모가 자녀의 생각을 이해해주고 자녀의 능력을 바탕으로 합리적인 기대를 할 때 학습에 긍정적인 효과가 있다는 것이다.

1만 번 이상의 기도응답을 받은 기도의 사람, 조지 뮬러는 청소년 시절에 부랑자였다.

아버지의 돈을 훔치고 거짓말을 일삼고 친구와 어울려 유흥업소와 경찰서를 자기 집처럼 들락거렸다.

이런 그의 마음을 다잡게 해 기독교 역사에 빛나는 성자로 만든 한마디의 말이 있었다.

"조지, 하나님은 한 번 택한 자녀를 절대로 버리지 않으신단다. 낙심하지 말고 노력하면 넌 반드시 훌륭한 사람이 될 거야."라는 동네 목사님으로부터 들은 이 말이 죠지 뮬러의 마음을 사로잡았고 그를 변화시켰다.

칭찬이 어려운 이유는 칭찬이 체질화 되어 있지 않기 때문이다. 칭찬을 하지 않으면 하지 않는 습관이 생긴다.

그러나 칭찬이 습관화 되면 오히려 칭찬하지 않으면 이상하게 느껴진다.

칭찬에 인색한 사람은 대체로 지적을 많이 한다. 사람은 지적을 받으면 소극적이고 공격적으로 변하게 된다.

칭찬은 상대적이다. 상사에게 칭찬을 받아본 사람이 상사를 칭찬할 수 있다.

지적을 받으면 부하 역시 상사를 지적할 수밖에 없는 법이다. 다만 힘이 없으니까 속으로 말할 뿐이다. 칭찬하면 칭찬받고 지적하면 지적받는다.

우리 집에 강아지 한 마리가 있다. 보스턴테리어이며, 이름은 레오다. 배변 훈련을 하는 것은 참 쉽지 않은 일이다.

그러나 강아지와 한 집에서 살려면 꼭 필요한 작업이다. 처음에는 우리가 원하는 자리에 패드를 깔아두고 그곳에 하지 않고 실수를 했을 때 야단치고 지적해서 가르치려 했더니 더 못 가리는

것이다. 오히려 배변 실수했을 때 못 본척하고 성공했을 때만 칭찬해 주었더니 훨씬 빠르게 습득할 수 있었다.

강아지도 칭찬할 때 더 좋은 반응을 일으킨다. 우리의 옆에 있는 지체들과 가족들에게 문제를 지적하지 말고 칭찬거리를 찾아서 칭찬하는 것이 사람을 변화시킬 수 있다.

한 가정 사역 단체의 조사 자료에 의하면 "나에게 가장 상처를 주며 고통을 준 사람은 누구인가?"라는 질문에 1위 아버지, 2위 어머니, 3위 형제들, 4위 회사동료였다.

이게 무슨 말인가?

결국에는 나에게 상처 주는 사람 1, 2, 3위가 모두 가족이라는 말이 된다. 왜 우리는 서로 사랑하기에도 아까운데 이렇게 상처를 주게 된 걸까?

상처받는 도구가 '말'이라면 그 상처를 회복시킬 수 있는 도구도 '말'이다.

'사랑해'라는 말을 들었을 때도 사랑을 느끼지만, 우리가 누군가에게 칭찬을 받았을 때 더 큰사랑을 느낀다. 칭찬의 말은 긍정적인 자아상을 만드는 말이다.

우리나라의 많은 가정들은 부모님들이 권위적이시고 칭찬하기 보다는 지적과 잔소리를 한다.

자식들이 잘 되라고 마주 앉으면 이렇게 하면 안 된다. 저렇게 하지 마라. 뭔가 도전해보고 뭐든 할 수 있다는 격려보다는 "~하지마라." "~하면 안 된다"라는 말이 더 많다

나의 이야기다. 나의 어릴 적, 아버지께서 그러하셨다. 아버지께서는 자식 잘 되라고 지적하시고 만나면 가르치셨는데, 난 아버지께서 그러실 때마다 더 주눅이 들고 또 내가 아버지의 기대에 못 치는구나!라는 상실감이 들었다.

아버지의 기대감에 미치지 못하니 자꾸만 아버지의 눈치를 보게 되며 위축됐다. 그러니 당연히 자신감은 사라지고 소심하고 소극적인 아이로 자라게 되었다.

왜 자라면서 칭찬의 말을 하시지 않았겠나? 그런데 왠지 나의 기억 속에는 부모님께 칭찬받은 말은 기억에 그리 많이 없는 듯하다.

마주 앉으면, 가르치시고 훈계를 더 많이 하신 것이 기억에 남는다. 아버지께서 부르시면 모든 자녀들이 무릎 꿇고 아버지의 말씀을 경청한다.

항상 아버지는 옳으시다. 그러한 아버지의 가르침이 시작되면 기본이 한 시간이니 나중에는 아버지의 말씀보다 다리가 저려서 더 이상 앉아 있을 수가 없게 된다.

참 옛날이야기들이다. 어릴 적부터 이렇게 자란 나는 자연히 뭐든 잘 할 수 있다는 긍정적인 자아상보다 부모님의 기대에 부응하지 못하는 부정적인 자아상이 더 많이 자리잡았다

항상 무슨 일을 하면 '과연 내가 잘 해낼 수 있을까? 난 할 수 없을 것 같은데… 시작해서 실수하는 것보다 아예 하지 말아야지.'라는 부정적인 생각이 먼저 들어왔다.

그런 내가 결혼하면서 다행이도 남편은 나에게 칭찬의 말을 아끼지 않았다. 별것 아닌데도 나에게 칭찬을 해주었다.

"당신은 뭐든 다 잘한다."

"당신 대단하네."

"역시 당신이야."

"당신 참 잘한다."

"내가 인정한다."

이런 말들은 평소에 남편이 나에게 많이 쓰는 말이다. 이런 말을 들을 때 나의 어릴 적 들어왔던 부정적인 자아상이 점점 긍정적인 자아상으로 회복되었다. 칭찬의 말은 긍정적인 자아상을 만드는 말이다.

"다다다다."

"쾅쾅쾅쾅."

"짝짝짝짝."

정제가 피아노 학원에 왔다. 학원 이쪽 끝에서 저쪽 끝까지 뛰어다니는 소리와 사정없이 피아노를 두들겨 댄다.

그리고 가지런히 세워 놓은 모든 악기들을 넘어뜨리며 정신

없이 뛰어다닌다. 정제는 4학년이다.

"정제야 오늘은 피아노 쳐야지?"

그러나 오늘도 정제는 피아노 칠 마음이 전혀 없는 듯 했다. 너무 산만해서 학교 수업도 제대로 할 수 없는 아이였다.

아버지께서 피아노를 배우면 차분해질까 해서 피아노학원에 등록하셨다.

정제가 학원에 온 뒤부터는 매일이 전쟁이다. 자기가 피아노를 치지 않는 것뿐 만 아니라 다른 아이들도 치지 못하게 한다. 우리 학원에는 피아노를 잘 치거나 칭찬 받을만한 행동을 했을 때 하나씩 주는 칭찬 스티커가 있었다.

다 채워지면 원하는 선물을 받는다.

정제가 학원에 온 뒤로부터 나에게 고민이 생겼다. 도대체 이 아이를 어떻게 도울까?

고민하다가 어느 날부터 정제에게 피아노 치라는 소리를 하지 않았다. 학원에 와도 선생님이 피아노 치라는 소리를 하지 않으니 일단 학원은 빠지지 않고 곧잘 오게 되었다. 그러다 학원에 오면 가만히 보고 있다가 차분한 행동이나, 칭찬할만한 행동을 했을 때 칭찬스티커를 주기로 했다.

처음에는 별 반응이 없는 듯 했으나 시간이 지나면서 놀라운 변화가 일어났다.

너무 산만해서 수업자체가 불가능했던 아이가 점점 차분해지고 책상에 앉아있게 됐다.

시간이 지나면서 자연히 피아노 수업도 진행할 수 있었다. 별 것 아닌 칭찬스티커가 이 아이를 이렇게 변화시킬 수 있었다. 칭찬하는 말은 사람을 움직이게 한다.

"아이고 사모님, 우리 집 아이들은 칭찬해 주려고 해도 칭찬할 거리가 없어요. 칭찬할 만한 게 있어야 칭찬해주죠."

행복누리 언어학교에서 강의를 듣던 어느 집사님께서 이렇게 말씀하신다.

칭찬은 칭찬할 만한 게 있어서 칭찬해 주는 경우도 있지만 칭찬할 거리가 당장에 눈에 들어나지 않더라도 칭찬거리를 찾아서 하는 것이다.

눈을 열고 찾아보면 칭찬할 만한 일이 분명히 한 가지는 있기 마련이다. 그러나 우리는 칭찬하는 것보다 드러나는 문제를 보면서 지적하고 비판하는 것이 더 편하기 때문에 그렇게 하는 것이다.

문제를 지적하면 문제는 더 커지고 칭찬거리를 찾아서 칭찬하다보면 더 칭찬할 만한 일들이 생긴다. 칭찬의 말을 할 때도 기술이 필요하다.

어느 날 집에 들어가니 막내아들이 재활용 쓰레기를 깨끗하게 정리해 두었다. 이럴 때 보통은, "아들아 고맙다." 때로는 "잘했다." 이렇게만 칭찬해 주어도 안 하는 것보다는 나을 것이다. 그러나 "형철아 엄마가 오늘 밖에서 많이 힘들고 피곤했었는데 집에 들어와서 또 쓰레기 재활용까지 정리했다면 더 힘들었을 거야. 그런데 아들이 엄마 힘들까봐 대신 정리해 주어서 너무 기분이 좋네. 정말 고마워"라고 구체적으로 행동을 칭찬해 주면 칭찬이 배가 된다.

무조건 어떠한 칭찬할 만한 일에 두리뭉실하게 고마워, 잘했다, 착하다… 등 이렇게 하는 것보다 잘한 행동에 대한 구체적인 칭찬을 하면 더욱 좋은 효과를 누릴 수 있다.

칭찬은 다른 사람들 앞에서 더 칭찬해야 한다.

"여러분, 오늘은 어느 장로님을 칭찬해드리고 싶습니다. 세상에 우리는 365일 빠지지 않고 새벽예배를 지키는 것도 어려운데 장로님께서는 새벽마다 빠지지 않으시고 차량을 운행해주세요. 대단하지 않으세요? 장로님께서도 낮에 일하시고 많이 피곤하실텐데 하루를 빠지지 않으시고 차량으로 섬기시는 장로님을 칭찬해 드립니다. 장로님의 헌신으로 우리 교회가 더 은혜가 풍성합니다."라고 다른 모든 사람들 앞에서 장로님을 칭찬해 드리니 장로님이 활짝 웃으신다.

앞에 앉아 있는 집사님이 '장로님 대단하시다'면서 엄지손가락을 치켜 세운다.

굳이 다른 누군가가 칭찬해 주지 않더라도 하나님께서 주신 소명으로 생각하고 불평하지 않고 열심히 하는 섬김이지만 누군가 그렇게 칭찬해 주면 우리는 조금 더 힘을 내서 달려갈 수 있다. 좀 더 효과적인 칭찬은 다른 사람들 앞에서 더 칭찬하는 것이다.

"얘야 물 좀 떠올래?"

그러나 이 아이는 매일 물만 떠오라 그러면 꼭 쏟거나 넘어지는 습관이 있었다. 그러면 엄마들은 물 떠오라는 심부름을 시키고 "또 쏟는다. 조심해라"라고 말한다.

그러면 어김없이 물을 쏟거나 넘어진다. 이것이 바로 낙인효과인 것이다. 잘못이나 문제를 지적해서 다시 한번 상기시키는 것이다.

잘못이나 문제는 못 본척하고 오히려 칭찬하면 부정적인 낙인효과가 회복되어 긍정적인 자아상을 가지게 된다.

우리 교회에 부임해오니 한 청년이 있었다. 이 청년은 어릴 적 불우하게 자라서 긍정적인 경험과 긍정적인 자아상을 가지지 못한 청년이었다.

하루는 동네 청년들과 함께 식사할 기회가 있었다. 그 때 어느 한 청년이 우리 교회 청년을 빗대면서 "목사님, 이 형이 과거에 어떤 사람인지 아세요?"

아마도 우리가 알지 못하는 그 청년의 과거의 좋지 않은 행동에 대해서 이야기 해 주고 싶은듯 했다. 그러자 남편은 "이 청년이 우리를 만나기 전 과거에 어떤 행동을 했으며 어떻게 살았는지는 중요하지 않아. 지금부터가 중요한 거야. 이 청년의 과거에 대해 듣고 싶지도 않고, 알고 싶지도 않단다. 지금은 이 청년이 우리 교회에서 열심히 잘 하고 있으니 그것으로 족하다."고 했다.

과거에 어떤 문제가 있었을지라도 그 과거 때문에 부정적인 자아상이 자리 잡게 되었다면 이제부터라도 긍정적인 자아상으로 회복되기를 바라는 마음에서 그렇게 말했다.

그리고 그동안 긍정적인 칭찬의 말들을 듣지 못했다면 교회에서라도 긍정적인 많은 경험들을 하면서 회복되기를 기도했다. 우리의 바람대로 하나님께서 은혜를 주심으로 그 청년은 지금도 우리 교회에서 아름답게 헌신하며 우리 교회 부흥의 일등 공신이 되고 있다. 칭찬하는 말은 이렇게 사람을 세우는 말이 되는 것이다. 부정적인 과거를 회복하는 말이 되는 것이다.

우리교회 어느 장로님은 단 한 번도 부정적인 말을 한 적이 없다. 오죽하면 동네에서도 이웃들이 "나도 저런 사람과 하루라도 살아봤으면 좋겠다."라고 말 할 정도로 인품이 좋은 분이다.

언제나 교회에 어떤 문제라도 생기면 긍정적으로 성도들을 위로하고 격려해 준다. 하루는 식당 봉사 하시는 분들이 밥솥에 전원을 깜박하고 켜지 않아서 식사가 늦어지게 되었다. 이럴 때도 장로님은 "예배 끝나자마자 성도님들이 식사하고 가기 바빠서 얼굴 볼 시간도 없었는데 이렇게 밥을 좀 천천히 주니 오랜만에 만난 성도들과 더 많은 이야기를 나눌 수 있어서 좋다." 고 말씀을 하신다. 이런 한마디 한마디의 긍정적인 말들이 교회를 세워가게 된다. 그리고 칭찬은 칭찬받을 그 사람이 없을 때 더 칭찬하는 것이다.

"오늘은 권사님께서 행복누리 언어학교에 많이 늦으시네요? 권사님이 이번 주 식당 봉사시잖아요. 그래서 뒷정리 하신다고 조금 늦으시나봐요."

"그렇군요."

나는 잘 됐다 싶어서 늦게 오셔서 그 자리에 없는 권사님을 칭찬해 드리기로 했다.

"권사님께서 직장 다니시고 바쁘신데 어제 미리 오셔서 이번 주 요리 재료를 혼자 다듬으시고, 화장실 청소까지 하시고 가셨답니다. 나중에 들어오시면 칭찬 한마디씩 해 주세요."

말이 끝나자마자 식당 봉사를 마치신 권사님께서 아직 땀도 닦지 못하고 헐레벌떡 들어오신다.

"아이고… 권사님"

"대단하세요."

"세상에 어제 혼자 오셔서 화장실 청소하시고 나물도 다 다듬고 가셨다면서요."

"고생하셨어요."

"어쩐지 오늘 음식이 다 맛있더라고요. 감사합니다."라고들
한마디씩 하자 그 곳에 있는 모든 사람들이 칭찬의 말씀들을 한
마디씩 거든다.

이렇게 그 사람이 없을 때 없는 분을 칭찬하면 나중에 권사
님께서 들어오셨을 때 모든 사람들이 권사님의 섬김을 사모님
께 들었다고 하고는 다시 한번 칭찬해 드리는 일이 생긴다.

그 칭찬의 말들을 전해 듣는 권사님의 마음은 식당 뒷정리하
기도 바쁜데 행복누리 언어학교까지 촉박하게 들어와야 한다는
불평의 마음이 싹 사라지게 된다.

칭찬의 말 한마디가 이번 주 내내 아무도 보지 않는 곳에서
힘들게 준비하였던 권사님의 마음을 조금은 위로가 되었을 것
이다.

우리나라 속담 중에 '낮말은 새가 듣고, 밤 말은 쥐가 듣는다'
라는 속담이 있다.

다른 사람들과 앉아서 모함이나 비방의 말을 하지 말란 말이
다. 즉 말조심하자는 말이다.

"남의 말 하기를 좋아하는 자의 말은 별식과 같아서 뱃속 깊은 데로 내려
가느니라"(잠 18:8)

"하하하 호호호"

우리는 다 죄성이 있어서 모이면 칭찬하기보다 남의 말을 하는 것을 더 즐기는 경향이 있다. 그러다보니 또 그 말로 인하여 크고 작은 문제들이 발생하곤 한다. 그런데 이렇게 교회 안에서 성도들이 서로 칭찬하는 말을 주고 받으면 천국의 모습이 이와 같을 것 같다.

칭찬의 말을 할 때 칭찬받을만한 행동에 대해 구체적으로 인정해주며 칭찬할 때에 그 효과는 배가 된다.

칭찬의 말은 긍정적인 자아상을 만드는 말이며 사람을 움직이게 하는 말이다.

"물에 비치면 얼굴이 서로 같은 것 같이 사람의 마음도 서로 비치느니라"(잠언 27:19)

우리의 마음은 서로 말하지 않아도 상대방의 눈빛만, 또는 잠시 이야기만 나누어봐도 서로의 마음이 비친다고 한 것처럼 상대방이 나에게 하고 있는 말이 진심인지 아닌지를 금방 알게 된다.

누군가를 칭찬할 때 입에 발린 소리인지, 그 사람이 진심으로 하는 말인지를 우리는 알 수 있다.

칭찬할 때는 입에 발린 소리가 아닌 진심으로 하는 칭찬이 능력이 있다.

소망의 말

"여호와 그가 네 앞서 행하시며 너와 함께 하사 너를 떠나지 아니하시며 버리지 아니하시리니 너는 두려워 말라 놀라지 말라"(신 31:8)

우리가 소돌 교회에 부임한 해가 2017년 8월이다. 개척을 꿈 꾸고 사임한 것이 여타한 이유로 개척이 이루어지지 않았다. 그 래서 거창에서 다시 부목사로 사역을 하고 있던 어느 날 고려신 학대학원 청빙 사이트에 소돌 교회 담임목사를 청빙한다는 광 고가 올라 와 있었다.

그런데 자세히 보니 신청 날짜가 3일이 지난 것이다. 남편은 소돌교회 장로님에게 통화를 하고 싶어서 전화를 걸었다.

"장로님 소돌교회에 청빙 광고가 올라와 있는데 날짜가 지났 습니다. 이제라도 서류를 보내면 되겠습니까?"

"네, 목사님 서류를 보내 보십시오."

감사하게도 괜찮으니 서류를 보내라는 장로님의 말씀이다. 그래서 부리나케 준비하여 구비 서류를 보냈는데 며칠 되지 않아 장로님께 전화가 왔다.

"목사님 이번 주 수요일에 설교를 하러 오실 수 있겠습니까?" 느닷없는 말씀에 당황하여, "이번 주 수요일은 너무 빠르고 이번 주일에는 어떻겠습니까?"

"주일에는 설교 약속된 분이 계시는데 그러면 한 주 뒤에 설교를 부탁드립니다."라고 하셔서 그렇다면 이번 주 수요일에 설교를 하러 가겠다고 말씀을 드렸다.

그래서 수요 예배에 설교를 마치고 교회 카페에서 모든 성도들과 준비된 과일을 함께 먹게 되었다.

모두 모인 성도님들이 20여 명이 되었다. 그리고 이것저것 물어들 보신다. 한 마디로 밀접하게 면접을 본 것이다. 그렇게 만남을 가지고 이번 주에 결정을 하여서 소식을 알려주겠다고 하셨다. 그런데 소식을 주시기로 한 날짜에 연락이 없다.

또 한 주간이 지나는 주말에 "목사님 다음 주에 두 분을 놓고서 공동의회를 하려고 합니다. 기다려 주실 수 있겠습니까?"라고 물어서 "네, 알겠습니다."라고 전화를 끊고서 한 주간 더 기도하면서 기다리고 있었다. 공동의회 후 주일 오후에 장로님에게서 문자가 왔다.

"목사님! 죄송합니다. 두 분을 놓고서 공동의회를 실시하였는데 두 분 다 되지가 않으셨습니다."고 문자가 온 것이다.

남편은 "네, 잘 알겠습니다. 소돌교회에 준비하신 하나님의 종이 오셔서 귀한 사역이 이어지기를 기원드립니다."라고 답문을 쓰시고 주일에 잠이 들었는데 하나님께서 꿈으로 소돌 교회를 보여 주셨다. 소돌교회 본당이 보이는데 무성하고 굵은 나무 두 그루가 본당에 심어져 있는 것을 꿈꾸게 하였다. 남편이 꿈이야기를 하기에, "저도 당신과 다른 목사님을 보여 주시는데 단 한 표차로 당신이 선정 되는 꿈을 꾸었어요."라고 말했다.

그 말을 들은 남편은 다음 날 소돌교회 장로님에게 문자를 드렸다.

"장로님 다시 한번 재고하실 의향이 없으십니까? 기도하고 있겠습니다."라고 문자를 보내고 "이번 주 토요일 점심시간까지 기도하겠다."고 했다.

우리는 "하나님! 꿈으로 소망을 주셨는데 하나님께서 주신 소망을 이루어 주셔서 감사합니다"라고 기도하면서 기다리고 있었다. 그런데 토요일 아침이 되었다.

둘째 딸이 강릉 관동대 경찰행정학과에 다니고 있었는데, 방학이 되어 자취방의 짐을 정리하러 강릉으로 올라가게 되었다.

남편은 "이번 주 토요일 점심때까지 기도하기로 작정을 하고 응답이 오기를 기다리고 있었는데 토요일에 딸의 짐을 정리하러 강릉을 간다면 강릉을 가는 도중에 장로님으로부터 내일 다시 설교를 하러 오라고 하면 어떻게 하지?"

강릉에서 다시 거창으로 가서 양복과 성경책과 설교문을 가지고 다시 강릉으로 가는 시간을 계산해 보니 도저히 시간상 불가능했다.

그래서 남편은 내가 실망하고 낙담을 할까봐 혼자서 조용히 성경책과 설교문을 차 뒤 트렁크에 실어 놓았다. 그리고 다시 양복을 정리하여 차로 가지고 나가는데,

"여보! 양복을 왜 가지고 가세요?" 라고 물었더니 남편은 "이번 주 토요일 점심때까지 기도 응답을 달라고 기도하고 있는데 기도는 드리고 행동은 전혀 안 될 것을 바라보고 움직인다면 소망을 주신 하나님께 믿음으로 나아가지 못하는 것이 아니겠어요. 되게 하실 하나님을 소망하며 기대함으로 챙겨 갑니다." 그러기에

"여보! 그렇다면 구두도 함께 챙기시죠."

이렇게 우리는 강릉으로 출발했다. 가는 내내 응답이 오지 않는다. 그냥 서로가 아무 말도 없이 차를 타고 강릉으로 가고 있었다.

남편은 기도하고 확실한 소망을 가지고 저렇게 강릉에 가면서 연락이 오기를 기다리고 있는데…. 내가 조급하게 묻는다면 남편의 마음을 무겁게 하는 것이 아닌가? 하여 아무말도 하지

않고 묵묵히 차를 타고 가고 있었다.

'소망의 주님! 소망을 주시고 소망을 이루시기를 기뻐하시는 주님! 당신의 소망을 이루어 주옵소서. 하늘 소망을 주셨고, 복음의 소망을 주셨는데 이루어 주옵소서.'라고 기도하며 가고 있었다. 강릉에 다다를 즈음에 배도 고프고 화장실도 가야겠다 싶어 차를 세웠다.

국도변에 옥수수를 삶아서 파는 곳에 정차하였다. 그때에 갑자기 남편 전화 벨 소리가 울린다. 바로 장로님의 전화였다. "장로님! 반갑습니다"라고 응대하고서 한참을 전화기에 귀를 대고 네! 네! 네! 라고 하더니, "감사합니다. 제가 소돌교회에 부임을 하고 안하고의 문제가 아니라 소망을 주신 하나님의 기도 응답이 있어서 기쁩니다."라고 하고 전화를 끊었다.

"무슨 전화입니까?" 라고 물었더니, "소돌교회 장로님이신데, 한 주간만 더 기다려 줄 수 있겠느냐? 목사님 한 분만 다시 공동의회를 하기로 하였다."는 것이다. 그리고 한 주 뒤에 "목사님! 소돌교회에 부임해 주십시오. 공동의회에서 목사님 청빙하기로 결정을 하였습니다."라는 연락을 받았다. 그런데 사실 이런 결정이 있기 전에 수많은 말들이 난무하면서 남편이 소돌교회에 부임하는 것을 방해하기 시작하였다.

그것도 동기 목사를 통하여 신비주의라는 말과 다단계를 하여서 앞전 교회에서 쫓겨났다는 말들이 부임하기까지 여러 모양으로 방해하고 괴롭게 한 것이다.

또한 이사하는 날에도 이삿짐을 잘못 실어 장롱을 두고서 이삿짐을 싣기도 하고, 책을 다 못 싣겠다고 하기도 하고 심지어는 남편 차 바퀴가 옆 부분이 칼로 도려낸 것처럼 완전히 찢어지기도 하였다.

이런 사탄의 방해가 난무한 가운데 남편은 항상 "하늘 소망 가운데 살려고 한다면 온갖 방해가 있지만 결국은 일을 이루시고 성취하시는 하나님의 영광을 보게 될 것입니다."라는 고백대로 이루고 성취하시는 하나님을 깨닫게 한다.

또 한 가지 사례를 더 이야기 하고 싶다. 우리 교회에 연세 지긋하신 한 권사님이 계신다. 가정형편이 어려워 힘들게 살고 계신 권사님이신데 어느날 남편을 찾아왔다.

"목사님! 기도 부탁드립니다."

"네! 권사님 무슨 기도를 하고 계십니까?"

"목사님 오셔서 하늘 소망의 기도를 하고 하늘 소망의 말을 하라고 하시는데 저도 소망이 한 가지 있습니다."

"네! 권사님 무슨 소망입니까?"

"제가 가정이 어려워서 헌금도 제대로 드리지 못하고, 생활비를 이곳저곳에서 빌려 사용하다 보니 제법 빚이 있습니다. 고향에 있는 땅이 오랫동안 팔리기를 기도하고 있는데 이렇게 10

년이 넘도록 팔리지가 않고 있습니다. 이 땅이 팔리면 저도 교회에 헌금을 한 번 해 보고 싶습니다."

"네 권사님! 권사님의 소망을 하늘 소망으로 바꾸신 것을 감사드립니다. 지금 하나님 나라 확장을 위하여 하늘 소망을 가지고 기도 하시는데 기도만 한다고 되는 것이 아닙니다. 진짜로 하늘 소망을 가지고 복음이 확장 되기를 원하신다면 전도대에 나오십시오. 다리가 아파서 서 있을 수 없다는 것 잘 알고 있습니다. 그러나 다리가 아프셔서 전도를 하지 못한다면 전도지라도 접어주시고, 건빵에 교회 스티커도 붙여 주시고 전도에 동참하십시오."라며 전도대에 동참하시라고 부탁드렸다.

이렇게 6개월 정도 전도를 하면서 하늘 소망을 붙들고, "나를 통하여 하나님의 나라가 확장된다."라고 선포하고 나아가시더니 어느 날 권사님께서 남편을 찾아왔다

"목사님 이번 주에 헌금을 드리고 싶은데 어떻게 하면 되겠습니까?"

"아니 권사님 헌금을 어떻게 하다니요. 평소처럼 봉투에 담아서 드리면 됩니다."라고 하였더니 권사님이 신이 나셔서 "목사님 이번에 그렇게 팔리지 않던 땅이 팔리게 되었습니다. 그 땅이 안 팔려서 가격을 내려도 팔리지 않던 것이 이번에 땅이 팔렸는데 우리가 생각한 금액보다 더 많이 받고 팔게 되었습니다."고 하시면서 천만 원 특별 헌금을 하고 싶다고 하신다.

"권사님 축하드립니다. 하늘 소망을 붙드시고 앞으로도 힘있게 복음 사역에 충성하시기를 축복합니다."라고 정성껏 기도를 해 드렸다.

권사님께서는 주일에 특별헌금 1000만 원과 감사헌금 100만 원을 하나님께 드리면서 너무 행복해 하셨다.

무엇이 하나님을 기쁘시게 하실까? 하나님께서는 우리의 소망이 하늘 소망이기를 바라신다.

이 땅에서 잘 먹고 잘 사는 것이 아니라 우리의 소망이 하늘 소망을 가지고 살아가기를 원하고 계신다.

하늘 소망이라는 것은 이 땅에서 사는 성도들의 삶의 고백이 나그네라는 의식을 가지고 살아가는 것을 말한다.

그렇다면 우리의 고백이나 말이 이 땅에서 천년만년 살 것처럼 고백하고 말하고 살아서는 하나님을 기쁘시게 하지 못한다.

하나님을 한 번 감동시켜 드리자!

하나님을 감동시켜 드리는 것은 다른 것이 아니다.

우리의 소망이 하늘에 있음을 고백하는 것이다.

이 땅에 하나님께서 좋은 것을 다 주셔서 우리가 누릴지라도 우리의 소망은 하늘! 즉 하나님께 있음을 고백하는 것이다.

소망의 말을 응답될 때까지 선포하며 이루실 하나님을 신뢰하는 것이다.

말씀의
씨앗이
행복한
나무가
되었습니다

두 번째 이야기

감사하는 말

우리 교회 인기쟁이 아기 형모가 교회에 왔다. 형모는 이제 3살이다.

"형모야, 사모님께 감사합니다. 라고 해야지."

교회에서 만난 형모에게 과자를 주니 할머니인 권사님께서 말씀하신다.

그러자 아기는 잘 되지도 않는 서툰 발음과 함께 고개를 까딱한다. 아기의 그런 귀여운 행동 하나로 교회는 한바탕 웃음바다가 된다.

전 세계의 모든 부모들이 언어와 처한 환경이 다르지만 아기가 태어나면 엄마, 아빠 다음으로 처음 가르치는 말이 바로 '감사합니다'라는 말이다.

왜 전 세계 사람들은 누군가 가르쳐 주지도 않았는데 아기가 태어나면 '감사합니다.'라는 말부터 가르치는 걸까?

모든 부모들이 우리가 말을 가르칠 때는 엄마, 아빠 다음으로 '감사합니다 부터 가르칩시다.'라고 약속도 하지 않았는데 왜 모든 부모들은 본능적으로 이 말부터 가르치는 걸까? 감사에는 우리가 알지 못하는 어떤 비밀이 있는 걸까?

미국 캘리포니아 대학 심리학 교수 로버트 에몬스는 "감사합니다 라는 말을 많이 할수록 내가 더 행복해진다."라고 했다.

감사를 표현하는 사람들은 그렇지 않은 사람들보다 더 건강하고 낙천적이며 긍정적이고, 스트레스에 잘 대처한다고 했다. 또 타인을 기꺼이 도우려는 마음이 생겨나고 더욱 타인에게 관대해진다고 한다.

'감사합니다.'라는 말을 자주 할수록 기운이 생기고, 긍정적으로 바뀌며 회복 탄력성도 커진다고 말하고 있다.

우리 모두는 행복해질 수 있는 능력을 이미 가지고 있다.

그러한 힘은 바로 말 한마디에 있다.

이것이 바로 감사의 말이다.

그러나 사탄은 계속해서 우리의 말 속에 부정적인 가라지를 뿌려댄다.

불평의 말, 비난의 말, 짜증의 말, 수군수군하는 말, 이런 말들은 다른 사람을 향한 부정적인 말들이지만 결국은 나 자신이 가장 먼저 들으며 가장 많은 영향을 받게 된다.

"여호와의 말씀에 내 삶을 두로 맹세하노라 너희 말이 내 귀에 들린대로 내가 너희에게 행하리니"(민수기14:28)

하나님께서 우리가 평소에 하는 모든 말들을 다 기억하시고 그 말 한대로 그대로 하시겠다는 말씀이다.

다른 사람에게 하는 '감사합니다.'라는 표현은 결국은 나의 행복과 인생에 더 중요한 역할을 하게 된다.

우리가 잘 알고 있듯이 IQ는 지능지수를 말하며, EQ는 감성지수를 말한다. 그렇다면 SQ는 뭘까?

SQ는 옥스퍼드대학 브록스대학교 교수인 도너 조하와 의사 이언 마셜이 처음 사용한 단어이다.

그들은 IQ와 EQ에 대응하는 새로운 개념으로 SQ를 영성지수라고 부른다.

그렇다면 IQ가 높을수록 행복지수도 높아지는 걸까? 연구결과 그렇지 않다로 나왔다.

IQ는 우리의 행복에 영향력을 끼치지 않는다. 즉, 머리가 좋아서 또 공부를 잘하는 것이 우리의 행복에 큰 영향력을 나타내는 것은 아니란 말이다.

그러나 SQ는 높으면 높을수록 우리의 행복에 큰 영향력을 나타낸다는 연구 결과이다.

SQ 즉 영성지수에 속한 것 중에 하나가 우리의 말이다. 타인에게 긍정적인 마음을 가지고 '감사합니다.'라고 하는 것이며 그리고 '감사합니다.'라고 자주 말할수록 우리의 행복지수는 높아진다. 영적으로 건강한 사람이 '감사 지수가 높다.'는 것이다.

검은 대륙인 남아프리카에는 바벰바라고 하는 부족이 살고 있다. 바벰바 부족은 부족 중 누군가 큰 도덕률에 반하는 행위를 했을 때 그 사람을 불러서 마을 중앙에 세운다.

그리고 모든 부족민들은 하던 일을 멈추고 그 사람을 중심으로 빙 둘러 싼다고 한다. 이 의식에는 어느 누구도 열외 없이 모두가 참석해야 한다.

그리고는 자신이 아는 그 사람에 대한 칭찬과 장점과 좋았던 점 등을 돌아가면서 하나씩 말하기 시작한다.

농담을 하거나 과장을 하거나 지어냄이 없이 느낀 그대로를 말하는게 이 의식의 핵심이다. 그리고 그 사람의 잘못된 것에 대해서는 단 한마디도 비판하지 않는다.

"당신이 내가 결혼할 때 가장 먼저 축하한다고 말해줘서 고마워요."

"내가 만든 음식을 맛있다고 말해줘서 감사해요."

"당신이 내가 힘들 때 같이 있어줘서 고마워요."

"예쁘다고 말해줘서 고마워요."

이런 말들을 하다보면 서로 간에 참았던 웃음을 터트리게 되고 모든 부족들이 웃으며 하루 동안 음식과 춤과 노래가 어우러지는 축제를 연다고 한다.

그리고 죄를 지은 그 사람을 새로운 부족민으로 받아 준다고 한다.

그러면 신기하게도 그 사람은 진짜 새 사람이 되어 반복된 잘못을 저지르지 않는다고 한다.

이렇듯 말의 능력은 정말 놀랍다. 옛 말에도 '세 사람이 죽으라고 저주를 퍼 부으면 그 사람은 죽는다.'라는 속담이 있다.

바벰바 부족은 감사와 칭찬의 말로 그 사람의 잘못된 부정적 에너지를 긍정적인 에너지로 바꾸고 있다. 잘못한 것을 하나하나 지적하고 바로 잡아 주는 것도 중요하지만 장점과 잘하는 것을 자꾸 생각나게 하고, 개발하고 행하는 것이 더 좋은 효과가 나타난다.

평소에 생활가운데 감사 지수가 높은 사람은 영적으로 건강한 사람이다.

우리의 의지와 상관없이 원하든 원하지 않든 이 땅의 모든 그리스도인들은 영적 전쟁 상태임을 잊지 말아야 한다.

우리는 부정적인 사고와 불평의 말들과 치열하게 피터지게 싸울 준비를 해야 한다.

불평과 부정적인 말을 바꾸어서 힘써서 감사의 말을 해야 한다. 이 감사의 말 한마디가 우리의 가정과 공동체를 살리게 될 것이다.

미국의 아우젠 하워 정신과 박사는 우리가 감사의 말이 습관화되기에 가장 좋은 방법을 연구하였다.

그것은 바로 생활가운데서 매일 감사 일기를 쓰는 것이라고 한다. 그리고 감사 일기를 쓰면 좋은 점은 첫 번째 주변 상황은 전혀 달라지지 않았는데 내 삶이 행복하고 풍요롭게 변하기 시작한다. 두 번째는 무너졌던 자존감이 회복되어진다. 세 번째는 나를 사랑하게 되며, 네 번째로는 마음의 그릇이 커지므로 모든 것이 감사할 수 있게 되는 것이다.

감사의 말을 해야 한다는 것을 알고는 있지만 실천이 잘 되지 않는 우리들도 꾸준하고 지속적인 감사 일기를 쓴다면 감사의 말이 습관화되는데 도움이 될 것이다.

지금 시대에 얼마나 좋은 책들과 많은 글들이 있나? 우리는 그 많은 정보들을 통하여 좋은 말을 해야 하며, 감사의 말을 해야 하는 것도 너무나 잘 알고 있다. 때로는 교회나 어딘가에서 말의 대한 세미나와 특강을 들으면,

"저거 예전에 다 들어봤어."

"나도 아는거야."

이렇게 치부해 버리진 않나?

아는 것이 중요한 것이 아니라 실천하여 내 것으로 삶 가운데 적용하는것이 중요한 것이다. 그리고 직접 매일 글자로 기록해 본다면 나의 부정적인 언어들이 감사의 언어로 바뀌는데 좀더 빠를 수 있다.

성경에는 감사라는 단어가 178번 나온다. 결코 적은 숫자라고 할 수 없다. 하나님께서도 우리가 감사의 말의 씨앗을 뿌려서 행복을 누리시길 원하신다.

감사에는 몇 가지 종류가 있다. 예를 들자면 "하나님, 만약에 제 기도에 응답해 주신다면 감사합니다."라고 하는 것이다. 만약~한다면 이라는 단서를 붙여서 감사하는 것이 1차원적인 조건부 감사인 것이다.

'만약 대학에 합격시켜 주시면 하나님께 나가겠습니다.'라고 조건을 달고 기도하며 감사하는 것이다.

내가 그랬다.

하나님을 믿지 않을 때 "하나님 제가 원하는 대학에 합격시켜주시면 하나님이 계신 줄로 믿고 교회에 나갈께요"라고 기도했다.

정말로 합격한 후 나는 태어나서 20년 만에 처음으로 교회에 나가기 시작했다. 하나님의 은혜이다.

또 2차원적인 감사는 ~ 때문에 '감사합니다.'라고 하는 것이다. "나의 병을 치료해 주셨기 때문에 감사합니다."

이런 사람들은 자기가 원하는 시기에 병이 치료되지 않는다면 하나님을 떠나 버릴 사람들이다.

그리고 3차원적인 감사도 있다. '그럼에도 불구하고 감사이다.' 나의 기도가 응답되지 않음에도, 힘들고 어려워도, 일이 안 되어도 결국에는 합력하여 선을 이루실 그 하나님을 신뢰함으로 감사하는 것이다.

이런 사람들은 어떤 어려움과 문제가 올지라도 흔들리지 않는 신앙인들이다.

조건부 감사가 아닌 조건을 뛰어 넘은 감사의 사람들이다. 타인이나 외부로부터 일어나는 상황에 감사하는 것이 아니라 살아있다는 것 자체에 대해 감사하는 사람들이다.

성경은 감사할 일이 있을 때만 감사하는 것이 아니라 "범사에 감사하라."라고 말씀하신다. 범사란 기쁘고 행복하고 평안할 때뿐만 아니라 문제를 만나도 힘들고 어려워도 일이 내가 원하는 대로 되지 않아도 그럼에도 불구하고 감사하는 것을 말한다. 도저히 감사할 수 없는 것까지도 감사하는 것이다.

어느 집사님께서 회사에 부도가 났는데 "하나님 회사에 부도가 나서 감사합니다."라고 말했더니 하나님께서 기적으로 인도하셨다는 간증을 들은 적이 있다.

그렇다! 우리가 감사할 수 없는 상황일지라도 오히려 감사할 때 하나님께서는 우리 삶 가운데 기적을 만나게 하신다. 바로 감사하는 말의 능력인 것이다.

우리는 모두 감사의 말을 하여 감사의 기적을 만나야 한다. 이것이 하나님의 뜻인 것을 알아야 한다.

감옥 안에 두 사람이 있었다. 한 사람은 가로막힌 벽과 창살을 바라보며 한숨과 불평으로 하루를 보내며, 또 한사람은 창살 사이로 보이는 파란 하늘을 보며 '나는 행복하다.'고 말했다는 이야기를 읽은 적이 있다. 어떤 결과가 나타났겠는가?

윌 톰슨이라는 뉴욕 근교 패밀리 레스토랑에서 웨이터 보조로 아르바이트 하는 청년의 이야기다.

이 청년은 친구들이 커다란 오토바이에 여자들을 태우고 다니는 게 멋있어 보여 자기도 오토바이를 사려고 돈을 모으기 위해 아르바이트를 시작했다.

레스토랑의 영업시간이 끝나면 휴게실에 동료들이 모여서 오늘 만났던 고객들을 불평하고 원망하며 마음에 들지 않는 손님을 흉보기 시작했다.

어떤 동료는 침을 튀기며 흥분해서 떠들곤 했다. 그러나 이 레스토랑의 지배인은 직원들을 교육할 때마다 첫째 고객에게 진심으로 대하라. 둘째 고객이 우리에게 월급을 준다. 그것만으로도 감사의 이유가 충분하다. 고객에게 감사하라. 셋째 고객이 있기에 우리가 즐겁고 고객에게 진심으로 감사할수록 나의 미래가 밝아진다고 교육했다.

지배인의 이 말 한마디가 윌의 인생을 변화시켰다. 비록 동료들은 매일 영업시간이 끝나면 만난 고객들의 흉과 불평을 늘어놓았지만 윌은 지배인이 말한 이 감사의 세가지 원칙을 항상 머릿속으로 계속 생각하며 일했다.

윌은 어느 날 고객이 뽑은 가장 친절한 직원에서 1위로 뽑혔으며 그 후로 매년 인기투표에서 1위를 놓치지 않았다.

윌은 고객에게 더욱 감사했으며 시간이 지나면서 지배인으로 승진하게 되었다.

그후 그는 경영대학과 대학원 졸업한 후 전용 비행기로 미국 전역 출장을 다니면서 일하는 사람이 되었다.

만약에 윌이 다른 종업원들처럼 불평이나 불만에 빠져 있었다면 오늘날의 윌 톰슨이 탄생할 수 있었을까?

감사는 하나님의 은혜를 깨달은 사람만이 할 수 있다.

텍사스의 한 성공한 사업가의 이야기가 생각이 난다.

이 사업가는 책을 한 권 출간하고 싶어서 출판사에 연락을 했다. 제목은 '100만 번 감사'였다. 출판사에서 출간할 책의 원고를 부탁했었다.

그가 기록하여 보여준 원고에는 다른 내용은 단 하나도 없고 원고의 처음부터 끝까지 '하나님 감사합니다.'만 계속 적혀 있었다.

결국에는 출간을 할 수 없다는 연락을 받았다. 그리고 출판사 직원이 물었다.

"왜 당신은 이런 내용으로 책을 출간하기를 원하시나요?"

그랬더니 이 사업가는 "난 술과 여자 그리고 마약으로 폐인이 되어서 죽기 직전의 나를 살려주시고 지금은 큰 회사의 사장으로 세워주신 주님을 더 많은 사람에게 알리고 싶었습니다. 내가 받은 축복의 비결은 100만 번 감사하는 것입니다. 그것이 인생의 축복의 비결입니다."라고 말했다.

감사는 우리 삶을 송두리째 바꿀 수 있는 놀라운 비결이다. 우리가 잘 알고 있는 오프라 윈프리는 감사 일기를 써 오면서 감사일기의 기적을 체험한 대표적인 인물로 잘 알려져 있다.

그녀가 직접 쓴 책 『내가 확실히 아는 것들』 중에 '항상 감사한 마음을 가지기는 쉽지 않다. 하지만 당신이 가장 덜 감사할 때가 바로 감사합니다가 가져다줄 선물을 가장 필요로 할 때다. 감사하게 되면 내가 처한 상황을 객관적으로 멀리서 바라보게 된다. 그뿐만 아니라 어떤 상황이라도 바꿀 수 있다. 감사한 마음을 가지면 당신의 감정 주파수가 변하고, 부정적인 에너지가 긍정적인 에너지로 바뀐다.

감사하는 것이야 말로 당신의 일상을 바꿀 수 있는 가장 빠르고 쉬우며 강력한 방법이라고 확신한다.'라고 고백했다.

그녀는 감사 일기를 통해 두 가지를 배우게 됐다고 한다. 하나는 인생에서 소중한 것이 무엇인지, 그리고 또 하나는 삶의 초점을 어디에 맞춰야 하는지를 알게 됐다고 한다. 감사는 이렇듯 우리 삶 가운데 중요한 말이다.

미국 정신과 의사인 아우젠 하워는 감사가 습관화되기에 가장 좋은 방법을 연구하였다.

하루를 돌아보며 감사 일기를 쓰는 것이라고 앞에서도 소개했다. 그러나 감사 일기가 습관화되기까지는 최소한 21일 동안 지속해서 기록해야 한다고 말한다.

그렇다면 어떻게 감사할 것인가? 감사해서 감사한 것이 아니라 감사했더니 감사할 일이 생기는 것이다. 구체적으로 감사해야 한다.

아주 작은 것일지라도 구체적으로 하나님께 감사하면 감사거리들이 점점 더 늘어나는 경험을 분명히 하게 될 것이다.

우리 교회에서도 매일 감사 일기를 쓰고 있다. 하루 5가지의 감사를 쓰며, 그 중 2가지 정도는 미리 감사를 쓴다.

우리가 매일 쓰고 있는 감사 일기를 바로 '날마다 주님과'라고 부른다.

성경:(그 날 읽은 장수를 쓴다).

큐티:(예, 아니오)

기도:(예, 아니오)

아침에 일어나서 성령님 생각났나?:(예, 아니오)

식사시간마다 기도했나?:(예, 아니오)

하루 종일 주님과 함께 계심을 의식했나?:(예, 아니오)

언제 주님을 의식 했나?:(예: 새벽기도 시간…)

1. 오늘도 하루를 분초마다 모든 위험에서 안전하게 지켜주셔서 드릴이 높은 곳에서 떨어질 때 하나님의 손길로 막아 주심을 감사합니다.

2. 윤아 집에 침대가 필요할 때 침대를 선물해 줄 수 있어서 감사합니다.

3. 오늘도 동역할 수 있는 청년들을 주셔서 같이 학신회 학생들을 심방할 수 있게 하시니 감사합니다.

4. 윤아 할머니와 아빠도 윤아를 통하여 감동이 일어나게 하시고 복음이 스며 들어 예수님을 믿고 교회 나오게 하시니 미리 감사합니다.

5. 지예 엄마께서 아들 딸들의 신앙이 자라며 삶이 바뀌고 엄마를 존경하는 모습을 보고 예수 믿고 예배드리러 나오게 하시니 미리 감사합니다.

이런 식으로 날마다 감사 일기를 쓴다. 4, 5번은 미리 감사로,

아직 이루어지지 않은 일을 소망하며 기도하는 제목을 하나님께 올려 드리며 먼저 미리 감사하는 것이다.

나는 날마다 감사 일기 노트에 미리 감사를 쓴 것은 표시를 해 둔다. 그리고 1년이 지나면 그 감사 일기 노트를 펴고 빨간색 볼펜을 들고 내가 미리 감사한 감사 제목에 하나님께서 응답하신 것은 빨간 별표를 그린다.

그렇게 하다 보면 놀라운 것을 발견하게 된다. 하나님께 기도하는 마음으로 미리 감사한 제목이 어느 날 모두 빨간색 별표가 되는 것을 발견할 수 있다.

눈에 보이지 않지만 이루실 하나님을 신뢰함으로 미리 감사하였더니 하나님께서 말하는 대로 생각한대로 이루어진 것을 볼 수 있다. 감사 내용은 거창한 것이 아니다. 일상적이고 사소한 것을 매일 감사 하는 것이 중요하다.

감사 일기를 매일 쓰는 사람은,

1. 낙천적인 성격으로 변하며, 열정적으로 활동하게 된다.
2. 스트레스를 이기는 힘이 이전보다 커진다.
3. 예전보다 운동을 열심히 하게 된다.
4. 숙면을 취하게 되었으며, 눈에 띄게 건강해진다.
5. 가족관계가 좋아진다.
6. 무기력증이 사라지고 실천력이 높아진다.

7. 자존감이 높아진다.

나를 인정하고 모든 문제의 원인이 외부(다른 사람)에서 일어난 것이 아니라, 나의 생각과 감정 습관에 있다는 것을 인정하고 그것을 바꿀 수 있는 사람도 나 자신이다.

하나님께서 주신 복에 대한 감사가 이런 일이 가능하게 만든다. 감사노트를 쓰기 시작한 사람들의 대부분이 그 전보다 더 행복감을 느낀다고 대답했다.

한 사모님의 간증이다. 시골 교회로 부임하셔서 전교생이 25명 밖에 되지 않는 초등학교 앞으로 전도를 나가셨다. 작은 선물과 과자를 아이들에게 나눠주며 "얘들아, 과자 하나씩 가져가렴. 과자 쓰레기는 절대로 바닥에 버리면 안 된단다. 그리고 인사 잘하고, 부모님 말씀도 잘 들어야 해. 시간되면 교회에도 한 번 놀러 오렴"

그때 옆에 서 있던 학부모가, "이런걸. 왜 학교 앞에서 나눠주고 난리야. 교육상 좋지 않게 정말 짜증나네!" 이렇게 쏘아붙였다. 그러나 사모님은, "죄송합니다" 하고선 속으로는, '아이고 하나님 감사합니다. 제가 전도하니 영적전쟁이 일어나네요' 이렇게 마음속으로 생각하니 화도 나지 않고 오히려 감사해서 살짝 웃었다고 한다.

그 모습을 본 그 학부모는 더 화가 나서, "나를 지금 비웃는 거냐"며 더 큰 소리를 지르면서 경찰에 신고하겠다고 하고선 정말로 신고를 하였단다.

그래서 결국엔 경찰들이 교회까지 찾아왔다. 교회로 찾아온 경찰들이, "사모님, 도대체 아이들에게 무슨 말을 하셨습니까?"

"저는 별말 하지 않고 시간되면 교회에 놀러 와라. 그리고 과자, 휴지 땅에 버리지 말고, 부모님 말씀 잘 들어야 한다고 했습니다."

이 말을 들은 경찰들이 "만나보니 나쁜 분들이 아니시네요. 사모님께서 이해를 하세요. 저희들은 신고가 들어와서 이렇게 출동한 겁니다."

오히려 경찰들이 사모님을 위로 하고 돌아갔다. 그 후로 사모님은 당분간 초등학교 앞에는 가지 않고 이제는 중학교 앞으로 갔다.

교문 앞에 서서 학교에 들어가는 학생들에게 사탕을 나눠주고 있는데 어떤 분이 오셔서,

"누구십니까?"

"저는 교회에서 나왔는데 아이들에게 사탕을 하나씩 주고 싶어서 나왔습니다."

"그러시군요."

"여기 이곳은 아이들이 내리지 않아서 만날 수가 없습니다. 아이들은 스쿨 버스를 타고 학교 안까지 들어가서 내리니, 저를 따라 오셔서 제 옆에서 사탕을 나눠주시죠."

알고 보니 이 분은 그 학교의 교장 선생님이셨다. 사모님은 교장 선생님의 배려로 선생님 옆에 서서 들어오는 모든 학생들에게 사탕을 나눠주면서 전도하였다는 간증을 하였다.

우리가 감사할 때 하나님께서는 환경을 바꾸시며 사람의 마음을 변화시키신다.

우리 교회 어느 권사님의 간증이다. 권사님은 어깨 인대가 끊어져서 서울 병원에서 수술을 하셨다. 수술한 후 치료를 위해 며칠간 병원에서 주무시는데 수술한 어깨가 통증이 너무 심해 견딜 수가 없으셨단다.

보통 분들은 어깨 인대 하나가 끊어지거나 하는데, 권사님의 어깨는 모든 인대들이 갈기갈기 찢어졌다고 한다. 그 통증이 얼마나 심하셨을까?

무통 주사까지 맞았는데도 불구하고 통증은 멈추지 않았다. 시간이 갈수록 통증은 더 심해지니 진통제도 더 이상 맞을 수가 없고, 고통만 더 할뿐이었다. 매일 밤마다 찾아오는 통증 때문에 밤이 오는 것이 무서울 정도였다고 한다.

어느 날 다시 통증이 시작될 때 행복누리 언어학교에서 들었

던 '감사의 능력'이 생각이 나셔서,

"하나님, 수술하게 하시니 감사합니다."

"통증이 있어서 감사합니다."

"남편이 함께 있어서 감사합니다."

"감사합니다."

"감사합니다."

"감사합니다."

여러 가지의 감사의 제목들을 찾아 가면서 감사를 하기 시작했다고 한다.

그런데 놀랍게도 감사를 하다 보니 그 통증이 언제 사라졌는지도 모르게 사라졌고 그렇게 괴롭게 지나던 밤에 단잠을 주무실 수 있었다고 간증을 하셨다.

"오늘은 한 집사님께 감사를 통해 달라진 점이 있으시면 나오셔서 간증 한 번 해보시죠?"라고 권유를 드렸다.

그러자 집사님께서는 손사래를 치시며 "앞에 나가서 무슨 말을 하냐고 한사코 안하시겠다."고 하신다. 옆에 집사님들에게 떠밀리다시피 나오신 집사님의 간증이다.

황태 찢는 일을 하고 계시는 집사님께서는 아침에 일어나면 감사의 시동을 거신단다.

걸으면서도 감사,

세수하시면서도 감사,

식사하실 때도 감사,

일어날 때도 감사,

앉을 때도 감사,

이러다보니 하루 종일 감사, 감사, 감사… 감사를 입에 달고 살게 되었다고 한다. 그러면서 노래처럼 리듬을 맞추어서 부르는 집사님! 이렇게 감사를 입에 달고 산 이후로는 평생을 괴롭혀오던 어깨 통증이 어느 순간 자기도 모르게 사라지셨다고 고백하신다.

"할렐루야!"

하루는 교회 차가 깜박하고 집사님을 빠뜨리고 모시러 가지 못한 날이 있었다. 평소 같으면 짜증이 나고 화가 났을 법한 상황인데도 집사님의 입술에서는 감사! 감사! 감사!가 넘치시니 기분좋게 걸어오시면서도 감사하셨단다.

이러니 어찌 기분이 나쁘며 무엇이 안 좋게 보이겠나? 간증하시는 자리에 처음에는 안 나오겠다고 해서 억지로 나오게 하였더니, 이번엔 집사님께서 한 가지 더 간증하실게 있다고 마이크를 달라고 하신다.

평소에 아무 이유 없이 눈물이 울컥하고 쏟아지실 때가 많았다고 하는 집사님!

그래서 우울증이 온 것처럼 우울해지실 때가 많았는데, 감사를 입에 달고 살고부터는 일부러 눈물을 흘리려 해도 눈물이 나지 않는다고 너무 좋아하신다.

하루는 벌에 눈이 쏘여서 퉁퉁 부었는데 병원에 가지 않고 기도하셨단다.

감사합니다. 감사합니다. 벌에 쏘여서 감사합니다.

그런데 이상하게 아프지도 않고 자신도 모르게 벌에 쏘인 그곳이 깨끗하게 나았다는 간증이다.

소돌교회에 와서 너무 행복하다는 집사님! 이렇게 고백해 주시니 감사하고 송구할 따름이다. 이런 간증들을 통해 모든 성도님들이 은혜가 충만해진다.

또 우리 교회 장로님께서는 요즘에 특별한 일도, 기분 좋은 일도 없는데 행복누리 언어학교를 통해서 하루하루가 신이난다며 인생에 행복누리 언어학교를 만난 것은 평생에 복이라고 고백하신다.

"범사에 우리 주 예수 그리스도의 이름으로 항상 아버지 하나님께 감사하며"(에베소서 5:20)

우리 교회에서 항상 밝게 웃는 대표적인 집사님은 겉으로는 아무일 없는 것처럼 웃고 다니지만 각 가정마나 털어 먼지 안 나는 가정이 있을까?

꼭 한가지씩은 걱정거리가 있기 마련이다. 이 집사님의 사정도 그러하다. 집사님이 처해져 있는 가정환경이 웃을 수 없는 상황이다.

"사모님, 요즘 제 친구들이 저보고 미친것 아니냐고 그래요. 어떻게 이런 상황에서 웃음이 나오냐구요"

행복누리 언어학교를 다니고서는 울고 다녀도 시원찮은데 집사님이 오히려 웃고 다니고 입에는 "감사합니다."를 달고 다니는 것을 주변에 친구들이 보고서 "너 이제 너무 힘드니까 미쳤구나."라고 한다며 웃으신다.

그러나 오히려 집사님은 "과거에는 모든 것이 두렵고 짜증나고 힘들었지만, 지금은 두렵지 않고 힘들지 않다고 하나님께 감사하니 웃을 수 있는 마음과 평안을 주셨다."고 하면서 오늘도 씩씩하게 "감사합니다" 하며 웃어 보이신다.

우리 교회는 행복누리 언어학교를 시작한지 몇 주 지나지 않아서 이제는 이런 간증들이 다 열거할 수 없을 정도로 넘쳐나는 교회가 되었다. 역시 하나님은 대단하시다. 환경을 바꾸고 생각을 바꾸게 하신 하나님, 감사합니다.

군대에 있던 아들이 군 복무를 마치고 제대했다. 제대하면서 들고 온 여러 가지 물건들 중에 눈에 띄는 것이 하나 있었다. 그건 감사 일기였다.

군대에서 하루를 마무리 하면서 5가지 감사 일기를 계속 썼다고 한다. 그래서 군대 생활이 덜 힘들었다고 아들은 말한다. 감사 일기 쓰는 것은 부정적 사고에서 빠져 나오는 중요한 작업이다. 이번 주도 어김없이 행복누리 언어학교 실습 시간이 되었다.

"오늘은, 남편, 아내, 자녀에게 100가지 감사를 써보세요."라고 했더니 한 집사님께서 "아니, 10가지 감사거리도 없는데 어떻게 100가지 감사를 해요? 사모님" 하시며 펄쩍 뛴다.

"한 번 써보시면 100가지 감사 충분히 쓰실 수 있습니다."

이렇게 지난 주 숙제를 내 주었다. 부부는 서로에게, 부모는 자녀에게, 자녀는 부모에게 기록해 보시라 권하였다. 내용들을 잠시 보자면,

"나를 만나줘서 감사합니다."

"내 옆에 있어 주어서 감사합니다."

"건강하게 함께 늙어가니 감사합니다."

"나의 필요를 채워주셔서 감사합니다."

"운전을 가르쳐 주셔서 감사합니다."

"내 남편이 되어서 감사합니다."

"나를 사랑해 주셔서 감사합니다."

"무거운 것 항상 들어 주셔서 감사합니다."

"소소한 행복을 알게 해 주어서 감사합니다."

처음에는 감사거리가 생각이 나지 않았으나 감사제목을 찾아가며 쓰기 시작하니 어느새 100가지가 채워졌다고 말씀들을 하신다.

그리고 그 100가지 감사를 읽어드렸을 때 더 놀라운 반응들이 일어났다.

어떤 남편은 아내가 써 준 100가지의 감사를 보면서, "사모님, 우리 집에 기적이 일어났어요. 아내가 저에게 100가지나 감사하대요." 하면서 사진을 찍어서 집안 대대로 가보로 자녀들에게 물려주어야 한다며 행복해 한다.

감동과 미안함, 감사함이 전해진다. 평소에 생각지도 못한 것들이 감사 제목을 달아서 감사했을 때에 서로 무거운 짐같이 느껴졌던 묵은 감정들이 한 꺼풀씩 벗어지고 회복됨을 경험하게 된다.

어떤 목사님께서는 교회를 떠나고자 하는 한 분의 집사님에게 100가지 감사를 써서 편지로 드렸다고 한다.

그 100가지 감사를 받은 집사님께서는 교회를 떠나기는커녕 이제는 목사님의 신실한 동역자가 되었다고 한다.

일본의 과자 회사 다케다 제과점의 이야기다.

이 회사 회장인 다케다 와헤이는 직원들에게 과자를 만들 때

'감사합니다.'를 하루에 3천 번씩 하게 했다.

그리고 감사합니다를 3천 번 말 하는데 소요되는 시간이 약 40분 정도가 걸린다는 것을 알게 됐다.

와헤이는 한 시간 동안 '감사합니다.'를 지속적으로 말하면서 일하는 직원들에게는 더 많은 월급을 지급하기도 했다.

나중에는 '감사합니다.'라는 말을 녹음시켜서 공장에 24시간 돌리게 했다.

계산해 보면 과자가 출하될 때까지 감사합니다.라는 말을 약 100만 번을 듣게 되는 결과가 나온다.

과자 공장 스피커에서 하루 종일 감사합니다.를 들으면서 과자가 만들어지는 것이다.

그 결과 놀라운 일이 일어났다. 다케다 제과점에서 만든 과자가 시장 점유율 60%이상이 되었다.

과연 감사의 말에는 어떤 능력이 있어서 갖가지 놀라운 일들이 일어나는 걸까?

감사란 말의 능력

아침에 일어나서 실수를 하거나 짜증나는 일이 생기면 하루 종일 기분이 좋지 않고 부정적인 일들이 더 생기는 듯한 경험들을 해 본적이 있을 것이다.

이것이 바로 동조 현상이다. 우울한 사람들이 있는 방에 들어가면 괜히 같이 우울해지고, 또 잘 웃는 사람들과 어울리면 나도 괜히 웃음이 나는 경우들이 그러하다.

몇 년 전에 허리를 다쳐서 병원에 한 달간 입원해 있던 적이 있었다. 병원에 입원해 있는 동안에 매일 보는 사람들이 아픈 사람들 밖에 없으니 몸이 더 좋아지는 것이 아니고 왠지 더 아파지는 것 같았다.

마음도 괜히 울적해지고, 눈물은 더 많아졌다. 그리고 그곳이 병원이다보니 모든 이야기의 주제들이 자연히 병에 대해 이야기를 나누게 된다.

그러다보니 몸의 컨디션은 좋아지는 것이 아니라 더 안 좋아지는 듯했다.

입맛은 더 없어지고 몸은 더 무거워졌다. 그래서 '병원에 입원해 있으면 건강한 사람도 병자가 된다.'라는 말이 있나 보다. 사람이나 환경에 감사하는 마음과 말로 반응하면 긍정적인 동조현상을 끌어들여 긍정적인 반응들이 끌려오지만, 부정적인 말과 생각을 하는 공간에 있으면 정말 우리도 동일한 영향을 받게 된다.

우리 교회 청년들과 카페에서 차를 마시며 이야기를 나누었다. 한 자매가, "사모님, 제 이상형은요. 키가 180은 되야 하구요. 얼굴은 너무 잘생기지는 않았지만 꽃미남이면 좋겠어요." 하면서 청년들이 갖가지 저마다 이상형의 조건들을 말했다.

그러나 결국 외모는 그다지 중요하지 않으며 마음에 끌리는 사람을 선택하는 것이라고 말해 주었다. 왜냐하면 심장은 감정에 따라 다르게 뛰기 때문이다. 화가 나고, 짜증나고, 부정적인 감정 상태일 때는 심장도 들쭉날쭉 뛴다.

그러나 행복, 사랑 등 긍정적인 감정 상태일 때 특별히 감사할 때 심장은 가장 규칙적으로 뛴다.

짜증과 화, 분냄으로 인하여 심장이 뛸 때는 스트레스 호르 몬 코르티솔이 분비된다.

3분 동안 짜증을 내면 스트레스 호르몬 코르티솔은 우리 몸 속에 2시간 동안 머물게 된다. 더 나아가서 15분 동안 짜증을 내고 불평을 하면 코르티솔은 10시간 동안 우리의 몸속에 있게 된다. 얼마나 놀라운 사실인가? 고작 3분, 때로는 15분 동안 화 를 냈을 뿐인데 나의 심장은 2시간, 때로는 10시간 동안 영향을 받는다는 말이 되는 것이다.

그러나 짜증이 날 때 분비되는 스트레스 호르몬이 코르티솔 이라면, 심장이 편안하게 뛸 때 분비되는 호르몬도 있다.

우리가 마음이 편안함, 행복감을 느끼며, 또 사랑을 느낄 때 DHEA라는 생명호르몬이 나온다.

그런데 이 생명 호르몬은 우리가 감사의 말을 할 때 더 많이 분비된다.

3분 동안 감사의 말을 할 때 이 생명 호르몬은 2시간 동안 우 리 몸속에 있지만, 15분 동안 감사의 말을 하면 무려 10시간 동 안 생명 호르몬이 우리 몸속에 있게 된다.

감사의 말을 하는데 돈이 들어가는 것도 아니고 뭔가 힘이 드는 것도 아니지 않나?

그냥 하나님께서 주신 말을 사용해서 좀 더 긍정적인 감사의 말을 하면 나의 심장과 또 생명 호르몬을 통하여 우리의 육체는 더 건강해 질 것이다.

우리는 우리의 건강을 위하여 더 건강해지기 위해 근육 단련
훈련을 해 본적이 있을 것이다.
우리 아들은 매일 시간을 정해 놓고 근육을 단련하는 근력
운동을 하는 것을 보았다. 마음도 그러하다.
감사는 근육 훈련하듯이 학습이 가능하다.

요즘 시대에 가장 많이 듣고 있는 베타 엔도르핀이라는 치유
호르몬이 있다.
이 호르몬은 뇌에서 분비되는 호르몬으로 화학 구조가 마약
과 비슷한 강력한 진통, 행복호르몬이다.
진통제의 5배 효과가 있다. 행복감, 인내력, 기억력, 면역력
을 상승시키고 노화 방지, 암 세포를 파괴한다.
이 호르몬은 달리기, 걷기, 운동, 배우는 노력, 집중, 의욕,
웃음이 있을 때 분비된다.
베타 엔도르핀을 늘리려면 침술, 달리기, 플라시보 효과, 웃
음 등이 있다.
또 베타 엔도르핀을 엔도르핀의 끝판 왕이라고도 하며, 면역
력을 높여주는 효과가 뛰어나고도 한다. 베타 엔도르핀은 세균
에 의해 감염된 질병이나 바이러스에 의한 질병, 심지어 에이즈

와 같은 병에도 강한 저항력을 발휘한다고 한다.

그런데 이 놀라운 호르몬이 칭찬을 들을 때, 또는 기도할 때, 감사하는 말을 할 때 더 잘 분비된다고 하는 놀라운 연구 결과가 있다.

감사하는 말을 할 때 우리의 뇌에서 분비되는 호르몬이 바로 베타 엔도르핀이다.

사람은 누구나 긍정적이든 부정적이든 자기만의 파동을 가지고 있다.

생화학 박사 캔데이스 퍼트는 감정에도 진동과 파동이 있다고 한다. 이 파동은 우리의 몸과 환경에 영향을 미친다. 모든 물질에는 고유의 에너지가 있는데 말과 의식, 감정에도 에너지가 있다.

우리가 말을 할 때 일어나는 파동을 언어 파동이라고 한다. 이 언어 파동은 전자파보다 3,300배 더 강력하다. 즉 더 강력하게 우리의 몸과 환경에 영향력을 나타낸다.

부정적인 생각이 떠오르면 받아들이지 말고 할 수만 있다면 바로 긍정의 생각으로 바꾸어야 한다. 그래서 감사의 말은 나의 몸을 살리는 말이 된다.

감사의 말을 하게 되면 갖가지 몸의 변화들이 일어난다.

분노, 짜증, 비판, 부정적인 말을 할 때 심장박동이 불규칙적으로 뛰며, 혈관은 수축되고, 혈압은 올라간다.

그래서 고혈압을 초래하며, 심장 발작이나 뇌졸증 가능성이 급격히 올라간다.

그러나 감사하는 말을 하며, 감사하는 마음을 가질 때는 당연히 우리의 심장 박동은 규칙적으로 뛰며, 심장 혈관의 건강에 도움이 되고, 면역 기능을 향상 시키며, 신경계의 기능을 원활하게 하며, 호르몬의 균형을 가져오게 된다.

우리 몸의 소뇌는 운동 학습에 중요한 역할을 하며, 행동을 개시하기 전 학습된 미세 움직임을 조절하는 역할을 한다.

사람의 경우 소뇌는 두려움과 쾌감 반응을 조절하며 주의력과 언어 등의 일부 인지기능에도 관여한다.

소뇌의 구체적인 기능은 행동 장애를 검사하는 과정에서 밝혀졌다. 소뇌의 손상 여부를 알아보는 검사 중에는 팔을 양 옆으로 뻗은 후 양쪽 손가락이 만나는데 걸리는 시간을 측정하는 방법이 있는데, 소뇌가 손상된 사람의 경우 손가락이 만나는 시간이 오래 걸리지만 소뇌가 건강한 사람의 경우 빠르게 손가락 끝이 닿는다.

소뇌의 손상은 움직임에 관련된 증상을 일으킨다. 신체의 균형을 잡기 어려워지거나, 보통 움직이는 과정에서 이동 방향, 힘 속도 등에서 오류가 일어난다. 이렇듯 소뇌는 주로 운동을 관할한다.

술 취한 사람이 똑바로 걷지 못하는 것도 이 같은 현상 때문이다. 사람이 술에 취하면 혈중 알코올 농도가 올라가게 되고, 이것이 소뇌의 기능을 억제하게 된다. 그래서 술에 취하면 몸을 바르게 가누지 못하고 비틀거리게 되는 것이다.

그런데 정신의학자이자 신경과학자인 에이멘 박사는 부정적 말과 긍정적 말을 할 때 뇌의 혈류량이 달라진다고 발표하였다.

그의 연구 발표 중 뇌파사진을 보면 부정적인 생각과 부정적인 말을 할 때는 소뇌의 혈류량이 적어지면서 소뇌의 기능이 거의 정지됨을 알 수 있다.

우리의 부정적인 말과 생각이 술에 취하지 않았음에도 불구하고 소뇌의 기능이 정지된다는 말인 것이다.

소뇌의 기능이 정지 되면 체계적인 사고력이 부족하며, 기억력이 감퇴된다. 또한 우울한 생각에 빠지기 쉽고 과격한 행동을 하게 된다. 얼마나 놀라운 일인가? 우리의 말이 이렇듯 우리의 몸에 바로 바로 영향을 주고 있는 것이다.

우리는 건강을 지키기 위해 많은 노력들을 하고 있다. 세상에 그 어떤 사람도 아프기를 원하는 사람은 단 한 사람도 없을 것이다.

"건강을 잃으면 전부를 잃은 것이다."라는 말도 있다. 건강을 위해서 좋은 약들을 챙겨먹으며, 또 시간을 내서 운동도 한다.

그러나 내가 아무 생각 없이 뱉은 한마디의 말이 나의 몸을 망치고 있음을 우리는 알지 못한다.

에이멘 박사는 우리가 감사하는 말을 할 때 소뇌의 혈류량이 증가한다고 말한다.

소뇌의 혈류량이 많아지면 운동력이 좋아지고 분노와 과격한 행동, 그리고 우울한 생각이 줄어든다.

미국의 실업가 중에 스탠리 탠 박사는 회사를 크게 세우고 돈을 많이 벌어서 유명하게 되었다.

그러나 1976년에 갑자기 척추암 3기라는 진단을 받았다. 그 당시 척추암은 수술이나 약물로 고치기 힘든 병이었다. 이 사실이 알려지자 사람들은 그가 절망 가운데 곧 죽을 것이라고 생각했는데 몇 달 후에 그가 병상에서 자리를 툭툭 털고 일어나 다시 출근 했다. 사람들은 깜짝 놀라서,

"아니 어떻게 병이 낫게 된 것입니까?"

그러자 '스탠리 탠'은,

"아! 네, 전 하나님 앞에 감사만 했습니다. 그랬더니 병이 다 나았습니다. 저는 매일 기도했습니다.

하나님! 병들게 된 것도 감사합니다

병들어 죽게 되어도 감사합니다.

하나님! 저는 죽음 앞에서도 감사할 것 밖에 없습니다.

살려주시면 살고, 죽으라면 죽겠습니다. 하나님 무조건 감사

합니다.

매 순간마다 감사하고, 감사했더니 암세포는 없어졌고 건강을 되찾게 되었습니다."

그가 다시 회복하게 된 것은 감사의 말때문이었다.

일본 해군 장교인 가와가미는 2차 세계대전이 끝난 후 고향에 돌아오고 나서 하루하루 사는 것이 짜증이 났고 불평, 불만이 쌓여져 갔다. 결국 그는 전신이 굳어져 조금도 움직일 수 없는 불치병에 걸리고 말았다. 그때에 그는 정신치료가인 후찌다를 만나게 되고 후찌다는 "매일 감사합니다.라는 말을 만 번씩 하세요."라고 처방했다.

가와가미는 자리에 누운 채로 지푸라기라도 잡는 심정으로 매일 감사합니다는 말만 계속했다.

매일 눈만 뜨면 감사합니다를 했기 때문에 감사가 몸에 배여 있게 됐다.

어느 날 아들이 두 개의 감을 사와서,

"아버지! 감 드세요."라고 말했는데 그 때 아들에게 "감사합니다."라고 말하면서 손을 내밀었는데 신기하게도 손이 움직였고 차츰 뻣뻣하게 굳어져 있었던 목도 움직여지게 되었다.

말로만 하던 감사가 실제 감사가 되었고, 그의 불치병도 깨끗하게 낫게 되었다.

사람의 병은 대부분 스트레스에서 온다. 스트레스의 원인은 마음의 상처와 부정적인 생각이다. 그래서 감사의 말과 감사의 마음을 가지면 모든 스트레스와 병을 이길 수 있다.

우리가 기뻐하고 감사하면 우리 신체의 면역 체계를 강화시켜 준다.

요즘 병원에서는 우울증 환자들을 치료하기 위해서 약물 치료보다는 소위 감사 치유법을 더 많이 사용한다고 한다.

환자들로 하여금 자신의 삶에서 감사한 일들은 무엇일까?를 찾아내게 하고, 감사를 회복하도록 돕는 것이다.

그런데 놀랍게도 약물 치료보다는 이 감사 치유법이 훨씬 더 효과가 탁월하다는 것이다.

세계 최고의 암 전문 권위자인 김의신 박사는, '신앙이 암 치료에 실제적인 효과가 있을까?'를 연구했다. 교회안의 성가대원과 일반인들을 비교했을 때 성가대원들의 면역 세포수가 일반인들보다 몇 십 배도 아닌 무려 1,000배나 많은 것으로 측정됐다.

감사의 찬양이 그만큼 건강에 유익하다는 말이다. 감사는 스트레스를 완화시키고 면역계를 강화시키며 에너지를 높이고 치유를 촉진시킨다.

감사는 정서에 좋은 반응을 일으켜 혈압을 떨어뜨리고, 소화

작용을 촉진 시킨다.

1998년 미국 듀크대학 병원의 두 의사가 실험 연구한 결과이다. 매 주일 교회에 나와 찬양하고 감사하며 예배를 드리는 사람들은 그렇지 않은 사람보다 평균 7년을 더 오래 산다는 사실을 밝혀냈다.

존 헨리 박사도 "감사는 최고의 항암제이며 해독제요 방부제"라고 말했다. 감기약보다 더 대단한 효능을 가진 약이 바로 '감사 약'인 것이다.

우리가 1분간 기뻐하며 감사하면 우리 몸에는 24시간의 면역체가 생기고, 우리가 1분간 화를 내면 6시간 동안의 면역체계가 떨어진다고 한다.

그러기에 하나님께서도 "항상 기뻐하라. 범사에 감사하라. 쉬지 말고 기도하라"고 하신 말씀은 우리를 너무나 사랑하시기에 우리의 행복을 위해서 하신 말씀이다.

세상에서 가장 사랑받는 사람은 모든 사람을 칭찬하는 사람이고, 가장 행복한 사람은 감사하는 사람이다.

감사는 뇌를 변화시킨다. 요즘 현대 사회에는 우울증 환자가 계속 증가하고 있다. 우울증 치료제로 1984년에 '프로작'이라는 약이 개발되었다. 우울증 치료제 프로작은 효과도 좋았지만 부작용도 많았다.

이 약을 복용한 사람은 무기력해지며 약을 끊으면 다시 재발될 가능성이 높았다.

그러나 우리가 감사할 때 프로작과 똑같은 효과를 볼 수 있다는 과학적인 연구 발표가 있었다. 우울증의 가장 좋은 치료제는 감사인 것이다.

시편 136편은 26절로 되어있으며 1절부터 26절까지 모든 구절이 하나님의 은혜에 대한 감사로 되어있다.

우리 교회에서도 감사하는 말의 능력의 마지막 시간에는 하나님께서 우리에게 베풀어주신 은혜에 대한 26가지를 기록해 보기로 했다.

'이번 주는 지난주 기록하신 26가지 감사를 나누는 시간을 가질게요'

"어느 권사님께서 나오셔서 그동안 하나님께서 베풀어주신 은혜에 26가지의 감사 제목을 읽기 시작하신다.

"나를 살려주신 하나님 감사합니다."

"다른 곳에 있지 않고 교회 안에 있게 하시니 감사합니다."

"건강 주심을 감사합니다."

"남편이 건강해서 감사합니다."

"좋은 교회를 주셔서 감사합니다."

"좋은 목사님 만나게 하셔서 감사합니다."

"일할 수 있어서 감사합니다."

"맛있는 점심주셔서 감사합니다."

"좋은 가정 주셔서 감사합니다."

"봉사할 수 있어서 감사합니다."

"하나님의 자녀 삼아주셔서 감사합니다."

감사, 감사, 감사, 감사, 감사…

이렇게 26가지의 감사를 읽어 나가니 듣고 있던 다른 성도님들께서 박수를 치며 함께 음율에 맞추어서 소리도 내며 함께 "감사, 감사, 감사, 감사" 합창을 한다.

어떤 분들은 나오셔서 덩실 덩실 춤도 춘다. 마치 부흥회를 하는 듯 분위기가 후끈 달아오른다.

글로 다 전달할 수가 없어서 안타깝다. 그 다음으로 다른 권사님께서 꼭 해야 될 감사가 있다며 그 다음으로 나오신다.

권사님 댁에는 아픈 사연이 있다. 장성한 아드님께서 젊어서 오토바이 사고가 나서 평생을 누워 지내며 평생 그 아들을 섬겨오고 있다. 얼마나 마음이 아프시겠는가. 그럼에도,

"아들이 살아 있어서 감사합니다."

"아들을 돌볼 수 있어서 감사합니다."

"아들이 함께 있어서 감사합니다"라는 권사님의 감사 제목을 듣던 모든 성도님들이 한 마음으로 눈물을 흘린다.

이렇게 행복누리 언어학교를 통해 이번 주도 하나님의 은혜 가운데 우리 교회는 천국이 이루어진다.

마음 따뜻한 간증들을 뒤로하고 기다리고 기다리던 두 줄 교제의 시간이 되었다.

우리 교회에 평균연령이 60세 이상이 많으신지라 다리 아픈 분들도 많고 움직이는 게 불편한 분들도 많다.

식당 방에서 앉아서 하려니 다리 아픈 어르신들 무릎이 아플 것 같고 해서 장로님 댁에서 새벽기도 마치고 야외용 의자를 숫자만큼 빌려와서 교회 본당 장의자 옆으로 하나씩 놓고 두 줄로 앉아서 두 줄 교제를 하기로 했다.

어떤 시간이 될지 너무나 궁금하기도 하고 한편으로는 한 번도 우리 교회에 없었던 시간들이라 어른들이 어떻게 받아들이실지 걱정도 되었다. 그리고 이 시간들을 잘 채워 나갈 수 있을지 염려가 되었지만 일단 진행하였다.

"서로 앞에 계신 분들과 손을 잡으시고 감사한 일과 칭찬할 만한 일들을 말씀해주세요."

나의 이야기가 끝나자마자 와글와글 얼마나 말씀들을 잘 하시는지 내가 괜한 걱정을 한 것이다.

맨 앞줄에 앉아 계신 권사님께서는 시작하자 마자 눈물이 주르륵 흐르신다.

젊어서 오토바이 사고로 평생을 누워만 있는 아들이 지금 많이 아프기 때문이다.

그러나 이 사정을 너무나 잘 알고 있는 성도님들이,

"권사님, 오랫동안 아들 병수발하신다고 고생많으셨어요."

"대단하십니다."

"감사합니다."

이런 성도님들의 격려와 위로의 말이 권사님의 마음에 조금은 위로가 되었을까.

그동안 서먹서먹했던 사이일지라도 손을 맞잡고 서로 감사하며 칭찬하는 시간이 되었다.

서로 안아주고 아픔을 나누며 함께 눈물을 흘릴 수 있는 가슴 따뜻함으로 채워지게 되었다

"하나님 감사합니다."

"행복누리 언어학교를 하면서 항상 준비한 것에 비해 넘치도록 풍성하게 채우시는 하나님을 경험하게 하시니 감사합니다."

우리는 감사의 말이 습관이 되어야 한다.

하루 종일 모든 일에 감사의 안경을 쓰고 바라보아야 한다.

마음가짐 하나만 바꾸어도 감사의 말의 힘은 우리가 알던 것보다 더 놀라운 능력이 있다. 감사만 잘 하더라도 심장병 확률이 낮아지고, 면역력도 1.4배가 더 높아진다. 그리고 숙면을 취하게 되며 우울증에 걸릴 확률도 낮아진다.

남아프리카 공화국 대통령이며 남아공 최초의 흑인 대통령인 넬슨 만델라는 47세에 감옥에 들어간 후 27년간 감옥살이를 한다.

인생의 1/3을 감옥에서 보낸 넬슨 만델라는 70세가 넘어서 출옥하는 날 그가 너무 씩씩하고 건강해서 모든 기자들은 놀랐다고 한다. 한 기자가 "다른 사람들은 5년만 감옥살이 하더라도 건강을 잃는데 당신은 어떻게 27년을 감옥살이를 하고서도 이렇게 건강할 수가 있나요?"

그러자 넬슨 만델라는 큰 목소리로 말했다.

"나는 감옥에서 하나님께 날마다 감사했습니다.

하늘을 볼 수 있어서 감사합니다.

땅을 주셔서 감사합니다.

물과 음식을 주셔서 감사합니다.

강제 노동을 할 때면, 힘든 노동을 할 수 있어서 감사합니다.

이렇게 날마다 감사했습니다.

이 감사의 말이 나의 건강을 지킬 수 있었습니다."라고 넬슨 만델라는 고백했다.

그 후 만델라는 노벨 평화상을 받는 남아공 최초의 흑인 대통령이 된다.

감사는 성숙한 그리스도인의 삶의 모습이다.

감사는 그리스도인을 가장 그리스도인답게 하는 것이다.

왜냐하면 우리가 범사에 감사함으로 하나님께 영광을 나타내는 것이므로 세상에는 예수 그리스도의 향기가 나타나기 때문이다.

우리가 감사해야 하는 진짜 이유는 주님께서 내게 값없이 베풀어주신 은혜 때문이다.

아무리 믿음 생활을 오래해도 중요한 위치에서 교회를 섬긴다 할지라도 입술에서 감사가 아닌 불평과 원망이 쏟아져 나온다면 지금 당신의 믿음에 적신호가 켜진 것이다.

감사할 때 기쁨과 생기가 솟아나고,

감사할 때 우울증이 사라지며,

감사할 때 고통과 분노가 사라지고,

감사할 때 능력이 나타나며,

감사할 때 더 많은 감사의 조건들이 생겨난다.

모든 염려와 걱정과 의심과 불안한 것보다 더 강력한 힘이 '주님 감사합니다.'라는 말이다.

세상의 감사와 거룩한 하나님의 백성의 감사는 차원이 다르다. 예수님의 핏값으로 사신 교회 안에서는 시대적 분위기에서 과감하게 돌아설 필요가 있다.

차가운 불평이 아닌 따뜻한 감사로 회복되며 그래서 교회 안에서 회복이 일어나면 가정의 회복이 일어나고, 내가 속한 공동체의 회복이 일어난다.

우리가 처음 하나님 만났을 때 예수님의 사랑에 감사하고, 주위의 모든 사람들에게 감사해서 보는 사람마다 예수님을 전하고 싶은 마음, 곧 열정이 있었다.

하지만 1년, 2년, 세월이 흐르면 처음 사랑을 잃어버리고 하나님의 은혜에 감사보다는 불평과 원망이 먼저 일어난다.

광야에서의 이스라엘 백성들이 먹을 것 없을 때에, 하나님께서 주신 만나를 보며 처음에는 기뻐서 흥분했으며 주신 하나님의 은혜에 감사했다.

그러나 이스라엘 백성들은 감사의 시작이 되었던 만나를 불평과 원망의 시작으로 만들어 버린다.

대한민국은 안전 불감증이라는 말이 있다.

그러나 더 심각한 것은 감사 불감증이다.

자식이 부모에게 감사하지 않고,

학생이 선생님들에게 감사하지 않고,

성도들 간에도 감사해야함에도 서로 비난하기 바쁘다.

안전 불감증은 우리의 육체에 심각한 영향을 줄 수 있듯이 감사 불감증은 내가 알지 못하는 순간에 영혼을 파괴시키고 몸을 파괴시키고 공동체를 파괴시킨다.

선포하는 말

"사탄은 우리말을 통해서만 능력을 행사할 수 있다."

사탄은 성도들끼리도 감사하는 말보다 서로 비난하고 수군수군거리도록 충동질한다.

마음을 상하게 하고 관계를 깨뜨리는 말을 하게 한다. 그렇다면 우리는 하나님께서 주신 말의 권세를 우리가 사탄에게 빼앗기는 걸까 아니면 우리가 사탄에게 내어주는 걸까?

말의 권세를 사탄에게 빼앗기는 것이 아니라 우리의 마땅한 권리를 빼앗으려고 호시탐탐 노리는 사탄에게 우리가 맥없이 내어주는 것이다.

실제로 우리의 권세를 마귀에게 넘겨주면 원수가 우리 삶에 들어와서 지배하게 된다.

마귀는 우리가 서로 다투도록 쉬지 않고 일한다. 우리는 의의 병기인 말로 가족을, 성도를 대적하는 무기로 이용될 수 있다.

"옛 사람에게 말한바 살인하지 말라. 누구든지 살인하면 심판을 받게 되리라 하였다는 것을 너희가 들었으나 나는 너희에게 이르노니 형제에게 노하는 자마다 심판을 받게 되고 형제를 대하여 라가라 하는 자는 공회에 잡혀가게 되고 미련한 놈이라 하는 자는 지옥 불에 들어가게 되리라"(마태복음 5:21, 22)

즉, 말을 통하여 분노를 유발하는 것도 칼로 사람을 찌르는 행위만큼 나쁜 것이다. 더욱이 남에게 굴욕적인 말을 하거나 심하게 욕설을 퍼붓는 분노와 악담을 하나님께서 심판하시겠다고 하신다.

한 연예인의 매니저가 연예인을 고소한 기사가 있었다. 그 기사에는 고소 내용 중에 평소에 연예인이 매니저에게 자주하는 말이 있는데 그 말은,
"야!"
"넌 왜 그렇게 무능하냐?"
"이것 밖에 못하냐?"
"바보같이"

"이 멍청아"

"제대로 할 줄 아는게 뭐냐?"

이런 무시하는 말들을 매일 들었다고 한다. 그래서 이 매니저는 몇 년을 참았지만, 이제는 더 이상 참을 수가 없어서 함께 일했던 연예인을 고소한다는 기사를 읽은 적이 있다.

한 사람의 말이 또 한 사람의 인생을 망칠 수도 있다. 사탄은 우리의 생각을 자극해서 분노의 상태에서 말하게 하고, 험담하게 한다.

수단과 방법을 가리지 않고 우리를 공격하기 위해 우리의 혀를 마귀가 원하는 방법대로 사용하도록 충동질한다.

우리는 우리의 혀를 다스리는 법을 배워야 한다. 우리의 최대의 큰 적은 우리 자신이다. 날마다 깨어있지 않으면 사탄의 거짓말을 받아들여 품게 된다.

우리는 긍정적인 말을 할 수 없다면 오히려 아무 말도 하지 말아야 한다.

"이는 마음에 가득한 것을 입으로 말함이라 선한 사람은 그 쌓은 선에서 선한 것을 내고 악한 사람은 그 쌓은 악에서 악한 것을 내느니라 내가 너희에게 이르노니 사람이 무슨 무익한 말을 하든지 심판 날에 대하여 심문을 받으리니 네 말로 의롭다 함을 받고 네 말로 정죄함을 받으리라"(마태

복음 12:34~37)

하나님께서 심판 날에 내가 뿌려놓은 그 말 그대로 심판하시
겠다는 말씀이다. 하나님 앞에 서면 나의 양심이 하나님 앞에
직고하는 것이다.

사탄은 계속해서 실패의 자아상, 죄의 자아상을 우리에게 넣
으려고 한다. 그러나 하나님께서는 오늘도 우리를 격려하신다.

"두려워 하지 말라 내가 너와 함께 함이라 놀라지 말라 나는 네 하나님이
됨이라 내가 너를 굳세게 하리라 참으로 너를 도와주리라 참으로 의로운
오른손으로 너를 붙들리라"(이사야 41:10)

우리는 우리 삶의 예언자다.
내 말을 듣고 하나님은 일하신다. 날마다 우리 자신을 향한
하나님의 계획을 선포해야 한다. 하나님의 축복이 임할 것을 기
대함으로 날마다 선포해야 한다. 우리 교회에서는 매주 예배시
간에 하는 선포의 말이 있다. 남편이 큰 소리로 선창하면 모든
성도님들이 함께 선포를 외친다.
"나는 예수 안에서 행복합니다."
"나는 예수 안에서 건강합니다."
"나는 예수 안에서 형통합니다."

"잘 되고 있습니다."

세상을 향해 사탄을 향해 무엇보다 내 말을 듣고 일 하시는
하나님 앞에 이렇게 선포한다.

우리는 정말로 행복해서 이렇게 말할 때도 있지만 그렇지 못
한 상황도 있다. 그러나 우리의 말을 듣고 그대로 하시겠다는
하나님의 약속의 말씀을 신뢰함으로 선포한다.

눈에는 보이지 않지만 지금도 우리를 위하여 큰 길을 예비하
시는 그 하나님을 신뢰함으로 오늘도 우리는 "잘 되고 있습니
다." 이렇게 선포한다.

사탄이 우리 말을 빼앗아 가는 것이 아니라 우리 스스로가
사탄에게 말의 권세를 넘겨주는 것이다.

부정적인 생각이 들어올 때 그 부정적인 말을 통하여 사탄에
게 행사할 수 있는 합법적인 문을 열어주게 되는 것이다.

사탄이 아무리 부정적인 생각을 뿌릴지라도 그 부정적인 생
각들을 나의 입 밖으로 말하지 않는다면 사탄은 우리에게 합법
적인 효력을 발생할 수 없다.

하나님은 "마귀를 대적하라 그리하면 너희를 피하리라"(야고보서 4:7)
고 말씀하신다.

우리가 믿음으로 믿음의 말을 선포하면 하나님께서 그 말을
듣고 일하신다.

사탄은 끊임없이 환경을 바라보며, 문제를 바라보며, "할 수 없다." "안 된다."라고 말하지만 하나님은 "내게 능력 주시는 자 안에서 무엇이든 할 수 있다."라고 말씀하신다.

남편이 신학대학원에 다니던 때에 피아노학원에 근무한 적이 있다. 학생들이 90명이 넘는 큰 학원이었는데, 오전 11시부터 시작하면 저녁 8시에 퇴근할 때까지 앉아서 쉬는 시간이 없을 정도로 많이 바빴다.

하루 종일 서서 레슨하다 보니 그때 다리가 무리가 되었나 보다. 하루는 일어나니 다리를 움직일 수가 없었다. 병원에 가 보니 건초염이라는 진단이 나왔다. 병원 의사는,

"이 병은 별다른 치료법이 없습니다. 그냥 통증이 오면 약 먹고 무리하지 마세요. 높은 구두는 신지 마시고 산에도 올라가지 마시고 달리기도 하지 마세요"라고 설명했다.

난 병원의사가 그렇게 말하니 '이제 이렇게 살아야 하는구나.'라고 생각하면서 그 병을 나에게 당연히 수용했다.

그런데 문제는 매년 재발한다는 것이다. 약 먹을 때뿐이고 매년 재발하면 약을 먹었다. 그런데 약을 먹기 시작하면 3개월은 복용해야지 통증이 완전히 없어졌다. 약 9년 정도를 이렇게 지냈다.

그러던 어느 날 교회에서 오전 기도하던 중 해마다 재발하는

건초염이 다시 시작하려는 징조가 보였다. 그날 내 속에 드는 생각이 '하나님, 말씀을 보니 하나님께서는 죽은 자도 살리시고 병든 자도 고쳐주시며, 눈 먼 자도 그 자리에서 눈을 뜨게 해 주셨잖아요. 그런데 왜 저는 고쳐주시지 않나요? 제가 사모인데 평생을 하나님이 살아 계시다고 전해야 될 사람인데, 하나님께서 살아계심은 알고는 있지만 보여주세요. 저의 이 다리를 고쳐주세요.'

지금까지 고쳐 달라는 기도는 수없이 많이 했었다. 그러나 그 날의 기도는 거룩한 분노 같은 것이었다.

하나님의 자녀가 이렇게 병과 타협하는 것 같아서 화가 났다. 선포기도 했다.

'나사렛 예수이름으로 명하노라 건초염의 질병은 떠나가고 지금 즉시 나음을 입을지어다.'라고 예수님의 이름으로 기도했다.

'하나님, 이번에는 아버지께서 알아서 하세요. 절대로 병원에 가지 않겠습니다. 하나님께서 성경의 수많은 고침 받은 그 사람들처럼 저도 고쳐주세요.'

그러나 하나님은 내가 원하는 대로 고쳐주시지 않았다. 기도하는 2시간동안 벌써 다리는 붓기 시작했다. 다리를 절뚝거리면서 중보기도 방에서 나왔다. 집으로 돌아가기 전 교회 주차장에서 한참을 서서 고민했다.

'약을 먹으려면 지금 바로 병원으로 가야하는데.'

'사모가 절뚝거리고 다니면 덕이 안 되잖아.'

'아니야, 이번에는 하나님께 완전히 맡길 거야.'

이렇게 두 가지의 마음이 서로 싸웠다.

결국에는 집으로 돌아왔으나 오후가 다 되도록 다리는 나아질 기미가 보이지 않았다.

싱크대를 청소하다 작년에 먹다 남은 약을 발견하고 난 또 고민을 했다.

'사도 바울에게도 가시를 허락하셔서 교만하지 않도록 하셨다는데 나도 그런 건 아닐까?'

'지금 많이 아픈데 이 약이라도 먹을까?'

그러나 '하나님 이번에는 하나님 알아서 하세요. 고쳐주시든지 더 아프게 하시든지 하나님 알아서 하세요' 하고 그 약봉지를 뜯어서 쓰레기통에 버렸다.

그때 성령께서 말씀하셨다.

"사랑하는 딸아! 네가 낫게 해달라고 기도했으면 그대로 된 줄로 믿어라."

그 때 나는 머리를 망치로 한 대 얻어 맞은 것 같은 깨달음이 왔다.

'아하! 기도했으면 그대로 된 줄로 믿는 것이 믿음이구나'

그러면 난 낫게 해 달라 기도했으니 눈으로 보기에는 낫지 않았지만 나은 것처럼 움직여야 되겠다.라는 생각이 들었다.

병원에서 건초염에는 하이힐도 신지 말라.

무리한 운동도 하지 말라.

산에도 가지 말란 말만 듣고 신지 않고 신발장에 넣어 두었던 7센티 하이힐을 꺼내 신고 나은 것처럼 2층 계단을 뛰어서 시장에 갔다 왔다.

사실 다리가 너무 많이 아팠다. 시장에서 다리가 너무 아파서 울음이 날 정도였다.

그날 밤 잠자리에 들 때까지도 다리의 염증과 통증은 계속되었고, 나아질 기미가 전혀 보이지 않았다. 남편이 다리를 붙잡고 선포기도를 해주었다.

'나사렛 예수이름으로 명하노라 다리의 염증은 사라지고 지금 즉시 나음을 입을지어다.'

난 9년을 이 병을 달고 살았기 때문에 내일 일어나면 증상이 어찌 진행될지 너무나 잘 알고 있다,

하나님께서 이 밤에 나를 고쳐주시지 않으면 난 119에 실려서 병원에 가야할 것이다.

다음날 새벽 기도회에 가려고 침대에서 일어나 옷을 입는데 다리가 아무렇지도 않았다.

순간 내가 다리가 아팠었지? 라는 생각이 들어 다리를 보니

"할렐루야"

살아계신 하나님께서 완전하게 깨끗하게 고쳐주셨다.

'하나님 감사합니다.'

그 다리는 오늘까지도 단 한 번도 재발하지 않았다. 사탄은 계속해서 나의 아픈 다리를 보게 한다.

'너 다리가 아프잖아?'

이렇게 현상을 보게 하고 증상을 보게 하며, 또 부정적인 것들을 눈으로 보게 하지만, 하나님께서는 '기도한즉 나은 줄로 믿어라' 하신다.

나는 '하나님이 고쳐 주셨다'라고 선포의 말을 하였지만 사탄은 계속해서 나를 조롱하였다.

"봐, 기도해도 안 되잖아."

"기도한다고 되겠어."

"병원에 가서 일찌감치 약을 먹는게 지혜로운 거야."

우리는 종종 기도해도 나아지지 않는 환경을 보며 낙심하고 포기하며 우울해 할 때가 있다.

그러나 끝까지 신실하시고 약속을 지키시는 언약의 하나님을 신뢰해야 한다.

평소에 생활하면서 우리는 선포의 말과 선포기도를 할 수 있어야 한다.

"뱀을 집어 올리며 무슨 독을 마실지라도 해를 받지 아니하며 병든 사람

"하하하 호호호"

에비 손을 얹은즉 **나으리라**"(마가복음 16:18)

특별한 목사님들과 믿음이 좋고, 어떤 특정한 은사자만 병든 자를 위해서 기도할 수 있는 것이 아니다.

예수님께서 십자가에 달리신 이유가 이 권능을 모든 하나님을 믿는 자녀들에게 풀어놓기 위함이다.

그러나 우리는 내가 아프거나, 사랑하는 가족들이 아플 때도 혹여 예수님의 이름으로 선포하며 기도하는 것을 주저주저 하고 있다.

'안 나으면 어떡하지?'라는 생각과 '나의 믿음이 약해서 또는 나의 신앙 상태가 좋지 않아서 내가 무슨 선포기도를 하나?'라고 생각한다. 이런 생각은 사탄이 주는 생각이다.

하나님께서는 '누구든지 병든 자에게 손을 얹고 기도하라.' 하신다. 내가 할 수 있는 것은 예수님께서 가르쳐 주신대로 선포기도 하는 것이다. 하나님 말씀이 그러하다면 그런 것이다.

그 다음은 치료하시는 하나님께 맡기는 것이다. 부정적인 환경을 보지 말아야 한다.

나은 것을 바라보아야 한다.

깨끗해진 것을 바라보아야 한다.

긍정적인 기도의 말들로 선포해야 한다.

아픈 곳에 손을 얹고 선포해야 한다.

한 분은 40대 중반이며, 한분은 80대 중반인 두 분의 집사님이 똑같이 무릎이 아파서 남편에게 기도 받으러 오셨다.

"많이 아프시죠? 하나님께 고쳐달라고 기도합시다."

80대 할머니 집사님께서는 "아멘" 하시는데 더 젊으신 40대 집사님께서는,

"사모님, 기도한다고 되겠어요?" 하신다.

믿음대로 하나님께서 역사하셨다.

80대 할머니 집사님은 깨끗하게 고침을 받아 그동안 소원이셨던 지하 2층 기도실까지 뛰어다니셨고, 40대 젊은 집사님께서는 여전히 아픈 무릎을 달고 사셨다.

사탄은 오늘도 우리에게 속삭인다.

'기도한다고 될까?'

'상식적으로 이해가 안 되잖아.'

그러나 하나님께서는 오늘도 우리에게 상식과 이해가 되지 않더라도 말씀을 신뢰하는 믿음의 말을 선포하라 하신다.

아들이 초등학생 때의 일이다.

"어머니! 눈에 다래끼가 엄청 크게 났어요."

눈을 보니 벌써 눈을 뜰 수도 없을 만큼 빨갛게 퉁퉁 부어 있었다.

"오늘은 주일이니 바빠서 병원 갈 시간도 없으니 기도하자.

나사렛 예수이름으로 다래끼는 사라지고 염증도 사라질지어다."

이렇게 선포 기도 한 후 아들에게,

"이제 하나님께 기도했으니 그냥 잊어버리고 재미있게 예배드리고 놀아."

하루 종일 사역하느라 바빠서 나도 정말 잊어버렸다. 그날 밤 샤워하던 아들이,

"어머니" 하고 큰소리로 불러서 달려가 보니,

"진짜로 다래끼가 완전히 사라졌어요." 하는 게 아닌가.

우리가 생활 가운데 얼마든지 예수 이름의 권세를 사용하여 마음껏 선포기도를 할 수 있다.

그래서 날마다 하나님의 자녀로써 권리와 권세를 누리며 살아야 한다. 사탄에게 빼앗기지 말아야 한다.

둘째 딸이 11개월 때 소파에서 떨어지면서 이마를 다쳤다. 그때 놀란 마음에 아이를 붙잡고 다친 이마를 만져주었더니 그때부터 다쳤던 그곳이 쑥 들어가 있었다.

자라면서 없어지려니 했지만 쑥 들어가 있는 자리는 흉터가 되어서 좋아지지 않았다.

20대 아가씨가 되었는데도 그곳 흉터는 남아 있었다. 딸이 선포하는 말과 선포기도를 배우고 나서 매일 화장대에 앉을 때

마다 쑥 들어가 있는 이마를 톡톡 치면서 선포기도를 했다.

'예수이름으로 명하노라 이마는 보톡스 맞은 것보다 더 예쁜 이마가 될지어다.'

몇 년이 지난 지금 친구들이 정말 그렇게 물어본다고 한다.

"주영아 너 이마에 보톡스 맞았니?"

"이마가 어쩜 그렇게 예쁘니?"

"할렐루야"

우리가 믿음으로 선포의 말을 하면 그 말을 듣고 하나님이 일하신다.

다른 교회 권사님께서 우리 교회 성령집회에 참석하신 후 귀가 아프다고 기도 부탁해서 남편이 선포기도를 해주었다.

"예수이름으로 명하노라, 귀의 이명은 사라지고, 모든 염증들은 사라지며, 잘 들릴지어다."라고 기도해드렸더니 깜짝 놀라면서 이런 기도는 처음 받아본다고 하신다. 난 그 권사님의 말씀이 더 놀라웠다.

예수님께서 십자가에서 죽으시고 부활하심으로 우리에게 이 말의 권세를 회복시켜 주셨다.

예수 이름으로 기도하는 능력을 주셨다.

그럼에도 불구하고 성도들은 이 비밀을 몰라서 누리지 못하는 경우가 너무나 많이 있다.

하나님께서 사람을 만드시고 그 코에 생기를 불어넣으시니 생령이 될 때에 하나님의 능력을 우리 속에 주셨다. 그러나 죄로 인하여 하나님의 능력들을 잊어버리고 살아간다.

예수님께서 십자가의 죽으심으로 모든 저주와 올무가 끊어졌으며 하나님의 자녀로서의 권세가 회복되었다. 그래서 이제는 예수의 이름으로 기도하라고 하셨다.

"지금까지는 너희가 내 이름으로 아무 것도 구하지 아니하였으나 구하라 그리하면 받으리니 너희 기쁨이 충만하리라"(요한복음 16:24)

우리는 말의 능력과 말과 환경가운데 사탄에게 빼앗겼던 하나님의 자녀로써의 권세와 능력을 누리며 살아야 한다.

이제는 회복하여야 한다. 사탄의 올무에 넘어지며 쓰러지는 연약한 모습의 그리스도인이 아니라 담대하게 일어나서 예수님의 이름으로 선포해야 한다.

'오직 감사, 오직 전도, 오직 예배'

'날마다 잔치가 있는 교회'

'기적이 상식이 되는 교회'

'하나님은 우리의 상상 이상으로 축복하십니다'

우리 교회에서 매주 선포하는 선포의 말들이다. 하나님의 기적이 상식이 되는 교회가 되기를 기대하며 기도하는 마음으로 날마다 선포한다.

"목사님! 정말로 우리가 생각하는 대로 선포 기도하는 대로 다 되네요"

우리교회 장로님의 고백이다. 어떤 성도님은,

"주일이 일주일에 두 번이면 좋겠어요. 주일이 기대되고 기다려져요"

이런 고백을 하는 성도님들이 계셔서 행복한 교회이다. 정말로 하나님의 기적을 매주 경험하고 있다.

전 세계가 코로나19라는 바이러스로 인하여 힘들지 않은 곳이 없다. 그럼에도 우리 교회는 매주 빼놓지 않고 오늘도 긍정적인 말들을 선포한다.

뭔가 특별한 일이 있어서 선포하는 것이 아니다. 우리의 큰 문제와 고민도 하나님께 가져가면 아무것도 아님을 믿음으로 선포한다. 왜냐하면 우리가 가지고 있는 문제보다 하나님이 더 크신 분이기 때문이다. 우리 교회는 날마다 역사하시는 하나님의 기적을 경험한다. 많은 일상의 기적들이 우리의 삶을 풍성하게 하고 행복하게 한다.

최근에 우리 교회에서 있었던 일이다(2020년 11월). 교회 건물이 50년이나 되어서 낡을 대로 낡았다. 모든 성도님들이 성전을 고쳐야 한다는 마음만 간절하다.

비가 오면 천정이 새고, 바닥은 오래된 건물이라 습기가 차들떠서 올라온다. 하루는 새벽 예배에 나가려는데 본당 앞 로비 바닥에 동글동글한 벌레들이 잔뜩 널려 있었다.

교회 바닥에 습기가 차니 콩 벌레들이 그 속에서 집을 짓고 살고 있었다.

그 벌레들이 쓸어도 쓸어도 매일 나온다. 이것을 쓸어 내면서 난 또 기도했다.

'하나님! 어떻게 해요? 이것 좀 보세요. 바닥 공사 새로 해야 해요.'

올 해 여름에는 장마가 다른 해 보다 많이 길었다. 본당이 걱정이 되어 가보니 아니나 다를까 천정에 비가 새서 엉망이 되어 있었다. 설상가상으로 천정의 한쪽 면이 낡아서 빗물이 들어와 떨어져서 바닥이 엉망이 되었다. 그러면 난 또 하나님께 올려드린다.

'하나님! 어떻게 해요. 천정공사를 해야 하는데…"

마음만 간절할 뿐이지 뾰족한 수는 없다. 그저 하나님께 맡기고 기도하면서 우리는 눈에 보이지 않지만 최상의 좋은 것을 주실 그 하나님을 신뢰함으로 매주 하나님께 선포한다.

환경적으로는 해결할 수 없고 우리 교회 재정 상태로도 말이 안 되는 일이지만, 우리의 문제를 해결하실 그 하나님을 신뢰함으로 더 큰 소리로 선포한다.

하나님이 하시면 아무것도 아님을 우리는 알고 있다. 남편은 이번 주도 변함없이 선포한다.

"하나님은 우리의 상상이상으로 축복하십니다."

"하나님은 항상 최상의 좋은 것으로 주십니다."

이러한 우리 교회에 올 가을에 정말로 놀라운 기적이 일어났다. 우리가 말한 그대로 우리가 선포한 그대로 하나님께서 기적을 경험하게 하셨다. 정말로 상상 이상의 축복이 일어났다. 가끔씩 교회 예배에 참석하는 건설회사 소장님이 계신다. 소장님이 남편에게 어떤 분의 자제분이 갑자기 돌아가셔서 이 분이 절에 가려고 한다고 같이 전도 하러 가자고 하셨다.

"목사님! 성경책 한 권 선물해 주실 수가 있으십니까?"

"네! 얼마든지 하지요."

아니 집사님이 다니는 교회 목사님께 부탁을 하시지 왜 우리 교회에 이런 부탁을 하실까? 의구심이 들었다.

그러나 남편은 하나님의 섭리하심이 있다는 것을 믿고 성경책을 준비했다. 그래서 성경책을 들고 같이 심방을 다녀오게 되었다. 심방을 마친 후 집사님이 교회에 잠시 들리셨다.

"목사님! 저는 본당에서 잠시 기도하고 돌아가겠습니다." 그리고 본당으로 기도하러 들어가셨다. 그런데 기도를 하고 본당을 나오는 길에 유아실의 문을 열고 천정을 보게 되었다. 유아실 천정에 물이 새서 곰팡이가 서려 있는 것을 보신 것이다.

집사님과 같은 건설 현장의 작업반장님이 우리 교회 집사님이시다. 우리교회 집사님께 소장님이 "유아실 천정이 많이 낡았던데 그 천정 제가 갈아드리겠다고 목사님께 전해주세요."라고 말씀 하셨단다.

그런데 작업 반장인 집사님께서 잘못 들으셨다.

"목사님! 소장님께서 저희 교회 본당 천정을 다 갈아주시겠대요."

남편이 집사님께 감사의 전화를 하니 집사님은 "아니, 목사님! 저는 본당이 아니라, 유아실만 말씀 드렸는데요?"

그 말씀을 들은 남편은 "아이구, 뭔가 착오가 있었나 봅니다. 유아실만으로도 충분합니다. 감사합니다."

목사님과 전화를 끊고 집사님 마음에 '이렇게 된 거 그냥 본당까지 다 해드려야겠다.'라는 생각이 들어 다시 연락이 왔다.

"할렐루야! 목사님! 본당 공사를 곧 시작 할테니까 교회 안에 모든 집기들을 정리해 주십시오."

공사가 시작이 되고 천정을 뜯어 본 집사님이 전화가 다시 오셨다.

"목사님! 이번 주 며칠만 공사하면 다 마무리가 될 것 같았는데 천정을 뜯어보니 자꾸 공사가 커집니다. 천정을 뜯은 김에 지붕 방수 처리와 전기 공사도 함께 해 드리겠습니다."

한 주간에 끝내려고 하였는데 한 주간 더 식당에서 예배를 드려 달라고 요청하셨다.

"너무 감사합니다. 저희들은 무조건 괜찮습니다."

그리고 공사가 진행되고 있는 차에 집사님께서 "벽을 어떻게 해드리면 좋겠습니까?"라고 물었다. 이게 무슨 말인가? 생각지도 않은 본당 벽까지 다시 칠해 주시겠단다.

"천정을 도배로 하는 것 보다 뿜칠로 하면 깨끗하고 더러워져도 닦으면 됩니다. 뿜칠로 하시고 벽도 같이 색깔을 맞추어서 뿜칠 작업을 함께하시면 좋겠습니다."라고 말씀하신다.

'할렐루야! 하나님 영광을 받으시옵소서.'

벽의 더러워진 부분을 어떻게 하지 못하여 임시로 블라인드로 가리기도 하고, 그냥 익숙해져서 지내기만 하였는데 하나님께서 벽까지 공사를 해 주셨다.

너무 감사하여 하나님께 영광만 돌리고 얼굴은 하나님의 은혜의 선물로 상기되어 목소리 톤도 높아져만 있었다.

이제는 바닥이 습기가 차서 장판의 접착제가 녹아서 들떠있는 바닥을 보더니, "목사님! 공사를 하다보면 바닥이 엉망이 됩니다. 바닥을 어떤 것으로 하시면 좋겠습니까?"라고 하시면서 시공업자를 불러 바닥재를 고르라고 하신다.

상상 이상으로 축복하시는 하나님을 고백하였는데 이처럼 상상을 초월하여 복에 복을 더하시는 하나님 앞에 우리는 말문이 막혀버렸다.

우리가 선포하고 말한대로 우리의 상상 이상으로 축복하시는 교회로 역사하신다. 있을 수 없는 일들이 일어나고 있다.

"목사님!"

아니 이제는 집사님이 목사님!이라고 부르는 것이 얼마나 감사한지,

"네! 방송실에도 곰팡이가 많이 서려 있습니다. 교회 전체적으로 물이 새는 것은 지붕에 물새는 것을 막아야 합니다."

그래서 작업반장님을 불러 지붕에 물새는 것을 막으라고 하셨다. 지붕에 방수공사를 하고서,

"방송실 공사까지 다 해드리겠습니다. 그리고 교회 들어가는 입구에 바닥도 다 청소를 해 주십시오. 현관 입구에는 대리석으로 설치해 놓으시면 더 좋으니 본당 입구에는 대리석으로 설치해 드리겠습니다."

'차고 넘치도록 부으시고 흔들어서 채우시고 또 채우시는 하나님 감사합니다. 대리석은 상상도 하지 못하였고, 현관까지 생각도 못했습니다.'

"목사님!"

"네!"

"현관에 대리석을 설치하실 때 본당 강단 앞면은 대리석으로 하시면 더욱 보기가 좋겠습니다. 그리고 본당 앞은 그냥 대리석으로 하시는 것 보다 예수님이 우리를 위해서 십자가를 지시고

골고다 언덕에 올라가시는 그림을 한쪽 면에 새겨 놓으면 더욱 좋겠습니다."

우리 하나님! 우리를 놀래키시려 작정을 하셨습니다.

"그러면 집사님 강단에 대리석을 붙이시고자 하신다면 강단을 조금 확장해 주실 수가 있습니까? 찬양팀이 올라가서 무대로 함께 사용하고자 합니다."

"네! 그것은 너무 쉽습니다. 그렇게 하시지요."

처음에는 유아실 천정공사만 하려 했던 것이 교회 전체 새 단장이 되어 버렸다. 단 하나도 빠짐없이 모든 곳을 새롭게 정리하게 된 것이다.

우리 하나님! 상상 이상으로 축복하시는 하나님을 고백하고, 선포하며, 믿음으로 나아갔을 때 실제 상상 이상으로 축복하심을 맛보게 하셨다.

"너희는 여호와의 선하심을 맛보아 알지어다 그에게 피하는 자는 복이 있도다"(시편 34:8)

미리 감사하는 말

우리 교회는 강릉에서 외곽지인 주문진이며, 주문진에서도 가장 외곽지에 위치하고 있다.

교회 주변에는 대부분 어려운 가정들이 거주하고 있다. 이곳 지역 특성상 어린이나 학생 청년들을 볼 수가 없다.

그러나 하나님의 은혜로 우리교회에 점점 어린이와 학생들 그리고 청년들이 모이기 시작했다. 어디서 이렇게 오는 것인지 우리는 그저 이루시는 하나님 은혜에 감사함으로, 붙여주신 이 영혼들을 힘써서 양육하는 것뿐이다. 이제 제법 갖추어진 주일학교와 학생회 그리고 청년 예배를 드릴수 있게 되었다. 학생회 찬양팀과 청년들로 이루어진 에벤에셀이라는 찬양팀도 생겨서 매주 오후예배 찬양을 올려드린다.

교회가 이곳에 50년 전에 개척을 하였고, 지금까지 지내오는 동안 변변한 교회 방송 장비를 제대로 갖추지 못하고 있었다. 모두가 마음만 간절할 뿐이다.

우리 교회는 남편이 부임한 이 후로 24시간 365일 기도 음악을 틀어 놓아서 누구든지 교회를 찾으면 기도할 수 있는 찬양이 흐르게 해 놓았다.

그러자니 방송 설비가 연중 내내 켜져 있어야만 한다. 교회 방송 장비는 8년 전에 어느 교회에서 사용하다가 낡아서 버리려고 하는 것을 우리 교회에 달라고 해서 장로님께서 설치해 놓으셨다고 한다.

음향 장비는 가정이나, 간이용으로 사용하는 것이었다. 그래서 찬양팀이 찬양을 하기 위한 방송 장비는 없었다. 그러자 남편이 다른 교회에 방송장비를 디지털로 전면 교체할 때에 버리려는 스피커를 얻어 왔다.

스피커가 1000W용이었다. 일반 앰프는 맞지가 않았다. 그런데 서울에 위치한 큰 교회에서 방송 장비를 교체하였다기에 '혹시 남겨 둔 앰프가 없냐'고 하였더니 앰프와 스피커를 보내 주셨다.

보내준 그 앰프가 1000W용 앰프였다. 얼마전 얻어온 스피커와 딱 맞았다.

"할렐루야!"

오래된 앰프와 스피커가 가끔씩 삑삑 하는 소리가 들렸지만 그래도 은혜로운 찬양이었고, 우리에게 다시 꿈을 주셨다.

우리 교회는 주문진 공원에 가서 아무도 들어 주지 않더라도 하나님의 찬양을 선포했다. 이 지역이 영적 복음화가 이루어져서 모든 주문진 주민이 주일에 가게 문을 닫는 것을 바라보고 미리 감사하며 찬양했다.

큰 길을 만드실 하나님을 바라보며 미리 감사함으로 길거리 찬양으로 하나님께 영광을 돌렸다.

그러나 코로나19로 인하여 더 이상 노방 찬양을 공공기관에서 허락을 하지 않았다.

그렇게 나가지 못하고 지내는 동안 교회의 한 청년 부부가 캐나다 유학을 준비하면서 전라도 광주에서 다니던 직장과 집을 정리하고 출국을 기다리고 있었다.

출국을 기다리는 중에 코로나 바이러스로 인하여 나가지 못하고 있었다. 그래서 주문진 부모님 집으로 와서 캐나다 유학길이 열리기를 기다렸는데 막연하게만 느껴지고 심지어 2021년 8월까지는 도저히 불가능하겠다는 소식에 청년이 강릉에 다시 직장을 구했다.

그리고 직장에서 받은 첫 월급을 하나님께 온전히 다 드리겠다는 결심을 하고서,

"목사님 제가 첫 월급을 하나님께 다 드리려고 하는데 십일조 외에 남은 것은 교회에서 특별히 필요한 곳에 사용을 하였으

면 좋겠습니다."

그래서 교회에서 새로 시작하는 유튜브의 기본 방송 장비를 그 청년을 통해서 하나님께서 준비하게 하셨다. 그리고 청년은 교회 찬양 팀에 합류해서 일렉기타로 섬기던 중 교회의 모든 방송장비가 낡아서 제대로 소리를 내지 못하는 것을 보고서 이 방송 장비를 자신이 갖추면 좋겠다는 선한 마음으로 아내와 상의를 하고 하나님께 기도하기 시작했다.

그러나 막상 장비를 갖추려고 하니 자신이 가진 월급으로는 도저히 감당이 되지 않았다.

그래서 청년 부부가 부모님께 상의를 하면서 조금 충당을 해 달라고 부탁을 드리자 흔쾌히 승낙을 하셨다. 그러나 그마저도 모자라 친척에게 교회 방송 장비를 갖추고자 하는데 협조를 해 달라고 하자 친척도 기쁨으로 협조를 해 주셨다. 그래서 방송 장비를 갖추게 되었다.

그런데 우리 교회에 장비를 도입하고자 하는 금액은 모으고 모은 것이 6백만 원이었다. 청년 부부가 5군데 업체에 의뢰 하였지만 우리 교회 여건상 도입이 어려웠다.

방송 사업체를 두고 기도하던 중에 한 사업체를 알게 되었다. 이 사장님은 경주에서 사업을 하셨는데 도저히 강원도까지 규모가 적은 공사를 가지고 올 수도 없는 분이셨다.

그러나 사장님께서 서울에 작업을 하러 가셨다가 고속도로에서 바로 경부선을 타고 내려가느냐? 아니면 홍천에 잠시 들리느냐? 갈등하고 있을 때 청년의 전화를 받게 되었다.

그래서 이곳 주문진으로 방향을 틀어서 상담만 하고 가신다고 오게 되었다.

하나님의 섭리하심이 그저 놀라울 따름이다. 상담을 진행하는 중에 6백만 원으로 원하는 교회 장비를 도입하고자 하였지만 도저히 맞출 수가 없었다. 하나님께서 업체 사장님의 마음에 감동을 주셨다.

업체 사장님은 그 6백만 원에 들어가지 않은 다른 장비들이 매우 많은 금액임에도 불구하고 자신이 그냥 맞추어 주시겠다고 하셨다.

청년하고 계속 전화 연락을 하면서 경비는 한정이 되어 있는데 우리가 기대하는 것은 더욱 많았다.

그래서 업체 사장님이 조언을 하면서 "꼭 필요한 것은 새것으로 교체를 하고 나머지는 사업체에 중고를 가지고 있는데 서비스로 설치를 해 드리겠다. 그리고 찬양을 하려면 무선 마이크가 운용하기 편리하니까 무선 마이크 4개, 유선 마이크 4개를 그냥 드리겠다. 그리고 드럼이 너무 시끄러워 고민하고 있을 때 전자 드럼으로 교체하시라. 기존 드럼을 중고 가격으로 바꾸어 주시겠다."고 하고, 기존 교회에 이곳, 저곳에서 얻어서 설치한 것을 중고로 팔아 주겠다고 하면서 대담하게 방송 장비를 도입하게 되었다.

　방송장비도 본당 리모델링처럼 처음에는 적은 금액의 예산이었지만 결국에는 총 가격이 2,000만 원이 넘는 공사가 진행하게 되었다.

　그러나 업체 사장님은 우리 교회에 오기 전에 아내 되는 집사님이 "소돌교회에서 단 한 푼도 남기려고 하지 마시라!"는 너무 강한 감동을 주셔서 "진짜로 단 한 푼 남기고 싶은 마음이 없다!"라고 하셨다.

　그런데 알고 보니 이 업체 사장님도 고신교단 집사님이셨다. 그러나 600만 원으로는 도저히 불가능하여서 청년 부부가 다시 결단을 하게 된 것이 나머지 금액은 다음 달 월급으로 갚아 나가겠다고 약속을 하고 다른 공사도 함께 진행하겠다고 하였다.

　업체 사장님은 너무도 감동을 많이 받았다고 고백을 한다. 그래서 이것저것 정리하면서 1000만 원에 다 해 주겠다고 한다.

　'모든 영광을 하나님 홀로 받으십시오. 찬송과 영광을 받으시기에 합당하신 하나님께 영광을 돌려 드립니다.'

　그런데 더욱 감사한 것은 이렇게 작업이 진행되는 가운데 방송 장비를 결단한 청년부부는 내년 8월까지 유학을 가지 못할 것이라는 생각으로 직업을 가지게 되었고, 첫 월급을 드렸는데 2020년 12월 9일에 캐나다 비자가 나오게 되었다고 공사하는 도중에 연락을 받게 되었다.

청년 부부는 바로 비행기 표까지 구매하게 되었다는 사실이다. 그래서 이 청년 부부는 2달 직장을 다니게 되었는데 2달 월급 전체를 교회 음향 장비를 갖추는데 헌신하였다.

우린 아무것도 한 것이 없다. 오직 최상의 좋은 것으로 인도하시는 그 하나님을 신뢰함으로 선포하고 기다리고 기도하면 하나님께서 일하신다는 것을 우리는 날마다 경험하고 있다.

놀랍게도 이번에 교회 리모델링 시기와 맞추어서 하나님께서 젊은 부부를 통하여 방송장비 전체를 새것으로 교체시켜 주시므로 결국에는 본당 안에 들어가는 모든 것이 새롭게 정리를 하게 된 것이다.

금액으로는 환산할 수 없는 일이고 상상할 수 없는 일이 우리 교회에 일어났다.

교회 리모델링 전에 연간 계획에 이미 두 분의 장로임직 예배가 계획되어 있었다.

하나님의 타이밍은 한치의 오차도 없으시다. 이 리모델링이 끝나자마자 새롭게 모든 것을 정리한 후에 장로 임직 예배를 드릴수가 있게 되었다.

사람이 날짜를 맞춘다고 해서 이렇게 정확하게 맞출 수 있을까? 절대로 할 수 없는 일이다. 전적인 하나님의 은혜이다.

'하나님 감사합니다. 어떻게 이런 일이 일어난단 말입니까?'

우리는 아무것도 한 것이 없다. 오직 하나님께 믿음으로 선포하고 맡기고 기도한 것 밖에 없는데 하나님께서는 차고 넘치도록 채워주셨다.

우리가 선포한대로,

우리가 말하는 대로,

우리가 생각한대로,

'날마다 최상의 좋은 것을 주신다.'

'우리의 상상이상으로 축복하신다.'

'기적이 상식이 되는 교회'

'날마다 잔치가 있는 교회'

이렇게 선포한 것 밖에 없다.

우리의 말을 듣고 일하시는 하나님 감사합니다.

우리 교회는 남편이 항상 설교 전에 이렇게 따라서 외치게 하신다.

"나는! 예수 안에서 행복합니다.

나는! 예수 안에서 형통합니다.

나는! 예수 안에서 건강합니다.

잘되고 있습니다.

믿으십니까? 믿는 고백을 가지고 찬양합시다."

큰 산아 스룹바벨 앞에서 평지가 되리라.
큰 산아 스룹바벨 앞에서 평지가 되리라.
은총 은총 평지가 되리라!
은총 은총 평지가 되리라!

큰 산아 신앙고백 앞에서 평지가 되리라!
큰 산아 신앙고백 앞에서 평지가 되리라!
형통 형통 평지가 되리라.
형통 형통 평지가 되었네.

문제야 나의 믿음 앞에서 평지가 되리라.
문제야 나의 믿음 앞에서 평지가 되리라.
축복 축복 평지가 되리라.
축복 축복 평지가 되리라.

문제야 소돌 교회 앞에서 평지가 되리라.
문제야 소돌 교회 앞에서 평지가 되리라.
아멘 아멘 평지가 되었네.
아멘 아멘 평지가 되었네.
고백대로 되시기를 축복합니다.
믿음대로 되시기를 축원합니다.

우리 교회에서 남편이 설교 전에 매주 빠지지 않고 선포하는 찬양이다. 눈에 보이는 것 없어도 손에 잡히는 것 없어도 우리는 하나님의 약속의 말씀을 붙잡고 선포하면 그 다음은 하나님께서 일하시는 것이다.

이스라엘 백성이 출애굽 할 때 앞에는 홍해가 가로 막혀 있고, 뒤에는 애굽의 군대가 쫓아올 때 백성들은 두려웠다.

하나님이 눈에 보이지 않았다.

애굽에서 밤에 탈출하며 얼마나 안전하게 도망가게 해 달라고 기도했겠나?

눈앞에 놓여 있는 어려움을 보고 이스라엘 백성들은 하나님께서 그들의 기도에 응답하시지 않는 듯 했다.

하나님께서 자기들을 버리시는 듯 했다. 그 곳에서 이제는 죽겠구나! 눈물이 앞을 가렸을 것이다. 그러나 하나님께서는 밤새도록 눈에 보이지 않았지만 홍해의 반대편에서 동풍을 불고 계셨다.

드디어 아침이 되어서 홍해를 가르시고 큰 길을 만드시는 하나님을 이스라엘 백성들은 만날 수 있었다.

이스라엘 백성들이 밤새도록 울며불며 한탄과 좌절과 한숨을 뱉어내고 있었지만 몇 몇 사람들의 믿음의 고백과 역사하시는 하나님을 신뢰하고 선포하는 믿음을 보시고 밤새도록 동풍을 불면서 길을 만드시고 계셨던 것이다.

이스라엘 백성이 보이지 않는 쪽에서부터 일하고 계셨던 것이다. 애굽 군대가 추격해와 이스라엘이 울고불고 할 때부터 이미 하나님은 동풍으로 일을 시작하신 것이다.

그것도 모르고 이스라엘 백성은 모세를 향해 원망 불평이 가득하고 이젠 죽었다고 난리를 쳤지만, 하나님께서는 몇 사람의 부르짖어 기도하는 그 소리를 들으시고 그들이 보이지 않는 동쪽에서 동풍을 일으켜 일을 하신 것이다.

우리 눈에 보이지 않았을 뿐이다.

그럴지라도 하나님은 당신의 백성 중 몇 사람이 부르짖는 소리를 들으시고 일하고 계신다.

그러나 우리들은 어떠한가?

하나님이 일하시는 것이 눈에 보이지 않는다고 울고불고 난리 치고 있을 때가 많지 않은가?

처음에는 기도한다.

그러나 금방 응답하지 않으면 금방 원망 불평으로 돌아선다. 그럼에도 하나님께서는 항상 우리를 도우시고 우리가 보이지 않는 동쪽에서 동풍으로 열심히 일하고 계신다.

우리는 믿음으로 믿음의 말을 선포해야한다.

하나님은 지금도 나를 위해 일하고 계신다.

내 눈에 안 보인다고 구경하고 계시는 것이 아니다.

비록 내가 모르는 것이지만 하나님께서는 우리를 위해서 일하고 계신다.

그걸 깨닫는다면 우리는 두려움을 떨치고 담대하게 나아가는 길을 선택해야 한다.

하나님께서 우리를 위해 일하고 계신다는 것을 믿는다면 우리는 힘들다고, 괴롭다고, 지친다고 주저앉아 있는 자리에서 다시 힘을 내서 일어나야 할 것이다.

내가 모르는 곳에서 내가 예측하지 못한 곳에서 나를 위해 일하고 계신 그 하나님을 오늘도 신뢰해야 한다.

당장 내 눈 앞에서 일을 하지 않는다고 하나님이 없는 것이 아니다. 당장 내 눈앞에서 문제 해결이 안 된다고 길이 없는 것이 아니다.

하나님은 우리가 보지 못하는 동쪽에서 동풍을 일으켜 홍해를 가르고 계신다.

하나님은 나를 위해 지금도 일하고 계신다.

분명한 것은 우리가 힘들고 어려울 때, 그리고 죽을 것 같은 상황이 눈앞에 있을 때 주님은 절대로 그냥 계시지 않는다.

그러기에 우리의 길을 여는 하나님의 동풍은 지금도 불고 있음을 잊지 말고 믿음의 말을 선포해야 한다.

하나님은 나를 위해 지금도 일하고 계신다.

지금도 동풍은 불고 있다.
지금도 하나님은 나를 위하여 일하고 계신다.
우리를 위해 밤낮으로 일하고 계시는 하나님!
하나님은 우리를 위해 밤새도록 일하고 계신다.

내가 힘을 잃고 힘들어 할 때마다 김석균님의 찬양을 즐겨 듣는다.
그 중에 왜 나만 겪는 고난이냐고 찬양을 따라서 힘 있게 하다보면 어느새 나의 가슴속에 하나님의 역사하심으로 새 힘을 얻는다.

왜 나만 겪는 고난이냐고
불평하지 마세요.
고난의 뒤편에 있는
주님이 주실 축복
미리 보면서 감사하세요.
너무 견디기 힘든
지금 이 순간에도
주님이 일하고 계시잖아요.
남들은 지쳐 앉아 있을지라도
당신만은 일어서세요.

힘을 내세요 힘을 내세요.
주님이 손 잡고 계시잖아요.
주님이 나와 함께함을 믿는다면
어떤 역경도 이길 수 있잖아요.
왜 이런 슬픔 찾아왔는지
원망하지 마세요.
당신이 잃은 것보다
주님께 받은 은혜
더욱 많음에 감사하세요.
너무 견디기 힘든
지금 이 순간에도
주님이 일하고 계시잖아요.
남들은 지쳐 앉아 있을지라도
당신만은 일어서세요.
힘을 내세요 힘을 내세요.
주님이 손잡고 계시잖아요.
주님이 나와 함께함을 믿는다면
어떤 역경도 이길 수 있잖아요.
힘을 내세요 힘을 내세요.
주님이 손잡고 계시잖아요.
주님이 나와 함께함을 믿는다면

어떤 역경도 이길 수 있잖아요.
주님이 나와 함께함을 믿는다면
어떤 역경도 이길 수 있잖아요.

우리 하나님은 나를 위하여 밤새도록 일을 하신다. 하나님께서 홍해를 가르실 때 한 번에 가르시지 않으셨다.
얼마든지 그렇게 하실 수 있으나 하나님은 건너편에서부터 바람을 일으켜 그 바다를 가르시는데 그 바닥을 말리시면서 갈라놓으셨다.

"모세가 바다 위로 손을 내어민대 여호와께서 큰 동풍으로 밤새도록 바닷물을 물러가게 하시니 물이 갈라져 바다가 마른 땅이 된지라"(출애굽기 14:21)

큰 동풍으로 일을 하셨고 밤새도록 일을 하셨다. 그래서 바닷물이 물러가면서 물이 갈라졌고 바다 바닥이 마른땅이 되었다. 참 세밀하시다. 물이 갈라지되 그 바닥을 바싹 말리신 것이 되게 하셨다.
그냥 물만 물러가게 하시면 그 바닥은 진흙덩이로 남았을 것이고 그러면 도저히 건너갈 수가 없었을 것이다.
바다 바닥이 건조해야 사람도, 마차도, 짐승도 건널 수 있을 것이다.

그런 것을 아시는 주님!

아주 세밀하게 사전 준비를 하신다.

그래서 밤새 일을 하시는 것이다.

사실 하나님은 일초 동안 천 번도 더 하실 수 있는 일이다.

그런데 하나님은 순식간에 일을 하지 않으시고 바람을 불러 밤새도록 일을 하신다.

우리 사람 입장에서는 당장 일분일초가 급한데 말이다.

하나님은 그런 분이시다.

우리는 급하지만 하나님은 우리에게 "가만히 있어 내가 하는 일을 보고 내가 하나님인 줄 알라."라고 하신다.

왜 급하게 하지 않고 왜 천천히 하신 것일까? 하나님이 일하고 계시는 것을 백성들이 보게 하기 위해서이다.

그것도 밤새워가며 하신다.

내가 원망하는 그 시간에도 내가 잠들어 있는 그 시간에도 주님은 주무시도 않으시고, 쉬지도 않으시고, 우리를 위해 길을 열고 계시는 것이다. 할렐루야!

영화관에서 3D 입체영화를 보게 되면 극장 입구에서 안경을 하나 나누어 준다.

그 안경을 써야만 영화가 입체 영화로 보인다. 그 안경을 벗으면 화면이 이상하고 그림이 분명하지 않은데 그 안경만 쓰면

물체가 입체로 보여 내게로 달려드는 것처럼 보인다.

신앙생활도 그렇다.

우리에게는 믿음이라는 안경이 있어야 한다.

그 믿음이라는 안경이 있으면 하나님께서 동편에서 바람을 일으켜 일하시는 것이 느껴지게 된다.

이제는 죽었다고 할 상황이 눈앞에 전개될지라도 나를 위해 밤새도록 일하실 하나님을 바라보고 믿음으로 선포하게 된다.

이 믿음의 선포에서 사탄은 물러가게 되는 것이다.

그래서 하나님의 역사하심을 눈으로 보게 되고 귀로 듣게 되고, 손으로 만질 수 있는 것이다.

우리에게도 마찬가지이다.

현실은 긍정적인 말할 거리도 없고, 또 감사거리도 없다.

눈에 보이는 것은 낙심이요. 불평할 것들만 있을지 모른다.

그럼에도 불구하고 우리는 믿음으로 지금도 동풍을 일으키시어 하나님을 볼 수 있어야 한다.

불평의 말을 돌이켜 감사의 말로, 낙심의 말을 돌이켜 긍정의 말을 선포해야 한다.

하나님은 지금도 분명히 살아계셔서 우리의 말을 듣고 일하시기 때문이다.

우리는 우리의 말을 바꾸어야 산다.

죽겠다를 살겠다로 바꾸어야 한다.

과거에 우리 조상들은 자녀들에게 무시무시한 저주의 말들을 쏟아 부었다.

무언가 잘 되지 않으면,

"이 망할 놈아"

"호랑이가 물어갈 놈아"

"너도 시집가서 너하고 똑 같은 애 한 번 낳아서 키워봐라"

이제는 우리가 우리 자녀들에게 했던 이 저주의 말들 대신에 축복의 말들을 해야 한다. 내 말을 듣고 일하시는 하나님이 계시기 때문이다.

이 책을 읽는 모든 사람들이 말의 능력과 우리의 말을 듣고 일하시는 그 하나님을 만나길 간절히 기도한다.

우리의 말은 죽은 것이 아니라 생명력이 있다.

능력이 있다.

하나님의 놀라운 권세가 있다.

환경을 지배할 만한 능력이 있다.

첫 사람인 아담이 잃어버렸던 말의 권세를 예수님께서 십자가에서 죽으시고 부활하심으로 다시 우리에게 회복해 주셨다. 그래서 예수의 이름으로 기도하라고 하셨다. 우리는 예수님의 이름으로 선포하는 선포의 말을 회복해야 한다.

로마서 8장에 모든 피조물은 하나님의 아들이 나타나는 것을 기다린다는 말씀이 있다.

모든 피조물들은 하나님의 아들들 즉 하나님을 아버지로 모신 하나님의 자녀들이 나타나는 것을 기다리고 있다. 환경 가운데 우리는 예수님의 권세를 선포해야 한다. 이제는 비판하는 말로 사랑하는 가족, 성도를 죽이는 말을 멈춰야 한다.

가수 이적의 노래 중에 '말하는 대로 생각한 대로'라는 노래가 있다. 우리는 우리가 생각한 대로 말하는 대로 되어지는 권세와 능력을 가진 하나님의 자녀들이다. 이 놀라운 권세를 무시하지 말고 누리며 살게 되기를 기도한다.

이 책을 읽는 모든 사람들은 이제부터라도 창조적인 언어를 사용하므로 하나님의 놀라운 능력을 경험하길 기도한다.

그동안 말의 권세를 알지 못해서 실수하고 사용하지 못했다면 이 책을 읽으므로 가정과 교회가 말의 능력이 회복되기를 간절히 기도한다.

우리는 부정적인 말보다는 긍정적인 말을 해야 되며 문제를 지적하는 말보다는 칭찬의 말을 해야 하는 것도 잘 알고 있다. 그러나 우리는 다 죄인인지라 잘 되지 않는게 사실이다.

우리 교회에서는 감사의 말과 긍정적인 말을 습관화하기 위해서 집안 곳곳 말씀의 선포문을 붙이고 하루에 세 번씩 이 선포문을 보면서 선포하고 있다.

눈으로만 읽는 소극적인 방법이 아닌 더 적극적으로 입술로 선포하고 외치라고 가르치고 있다.

우리 교회○○장로님은 아침에 일어나면 가장 먼저 하는 것이 이 선포문을 큰 소리로 외치는 것이라고 한다.

장로님 댁은 주변에 나무들이 많이 있다. 장로님께서는 그 나무들과 환경을 보면서 하나님의 말씀을 선포할 때 새 힘이 솟는다고 한다. 우리의 삶 가운데 빛이신 성령님이 들어오면 모든 어두움은 당연히 사라지게 되어 있다.

우리 인생과, 가정과, 교회에 사탄이 뿌려 놓은 부정적인 곳에 긍정적인 하나님의 말씀의 빛을 선포하면 어둠이 변하여 빛이 되고 슬픔이 변하여 기쁨이 될 것이다.

우리 모두는 행복해 질 수 있는 능력을 이미 가지고 있다.

그러한 힘은 바로 말 한마디에 있다.

모든 성도들이 행복누리 언어학교를 통해서 부정적인 시각들이 조금은 변한 듯하다.

표정들이 많이 바뀐 우리 교회!

행복한 교회!

웃음소리가 끊이지 않는 교회!

날마다 잔치가 일어나는 교회!

이런 교회가 여러분의 교회가 되기를 기도해 본다.

이 책을 읽는 모든 분들에게도 기적이 상식이 되는 말들로 하나님의 기적이 상식이 되는 삶이 되기를 기도한다.

에필로그

우리는 매일을 살아가면서 말을 하지 않고 살 수는 없다. 하루에 하는 수 많은 말들 중에 나는 주로 어떤 말들을 하고 살고 있을까? 우리가 하는 이 말은 내 입에서 나와 공중으로 훨훨 날아 사라지는걸까?

그렇지않다.

우리가 하는 말은 그냥 사라지는 것이 아니다. 하나님의 은혜로 『"하하하 호호호"』라는 책을 집필하면서 하나님의 기적을 다시 한번 경험했다. 내 인생에 책을 집필한다는 것은 꿈에서조차 상상해 본적이 없었다.

하나님의 인도하심으로 말의 능력을 알게 하시고 경험하게 하시고 점점 더 많은 사람들과 나눌 수 있는 귀한 기회들을 허락하셨다. 그렇게 10년을 보내면서 남편은 가끔 나에게, "책을 한 번 써보지?" 그러면 나는 "내가 무슨 책이예요? 말도 안 돼요."라고 대꾸했다. 그랬던 그 말이 내 마음 한켠에 어느새 뿌리내리고 있었다.

오래전부터 쓰고 있던 감사 일기에 미리 감사 제목을 달고 감사하기 시작했다.

"하나님, 제게 말의 능력에 대해 글을 기록하게 하셔서 더 많은 사람들과 나누게 하시니 감사합니다." 이런 내용을 쓸 때만 해도 막연하게 그냥 감사 일기의 말미에 습관적으로 썼다.

그리고 작년 우리 교회 행복누리 언어학교에서 감사 부분을 나누면서 성도들 앞에서 "몇 년 전부터 행복누리 언어학교에 관한 내용의 글을 쓰게 하시니 감사합니다."라는 미리 감사를 하고 있다고 나눈 적이 있다.

놀라우신 하나님의 은혜로 말 한 대로 미리 감사한 대로 이렇게 책을 출간하기 위해 글을 쓰고 있는 나를 본다.

하나님은 나의 말을 듣고 일하신다. 지금 이 순간도 글을 쓰면서 미리 감사의 응답을 받고 기쁨으로 쓴다.

이 글을 쓰면서도 설마 책으로 나올 수 있을까? 하는 생각도 있었다. 그러나 하나님의 신실하심에 의지하면서 쓰게 되었다.

글을 쓰기 전에는 단순하게 우리 교회에서 사용하는 프로그램중의 하나인 행복누리 언어학교로 만족하고 성도들과 함께 나누고 있었다.

박영기 고신총회 선교부(KPM) 본부장님이 우리 교회에 오셔서 행복누리 언어학교에 대하여 들으시고, KPM본부에서 강의를 부탁 받게 되었다. 강의를 마치고 본부장님께서 이 내용을 책으로 내보면 어떻겠냐는 말씀을 해 주셨다.

일본으로 돌아갈 때 행복누리 언어학교를 사용하고 싶으시다는 말씀도 함께 해 주셨다.

그러나 본부장님의 말을 듣고도 내 마음속에는 "과연 내가 책을 낼 수 있을까?"라는 두려움과 망설임으로 시작하지 못 하고 있을 때 다시 본부장님께서 전화로 "글을 쓰고 있느냐?"고 묻는다는 말을 남편에게 듣고서 하나님께서 내가 쓴 글을 책으로 내시기를 원하신다는 감동을 주셨다.

하지만 책을 한 번도 내보지 못한 나로서는 알고 있는 내용을 기록은 하지만 어떻게 하여야 할지 막막하기만 했다. 그러나 글을 시작하게 하신 하나님의 선한 손길은 준비하고 계셨다.

우리 교회에 춘천소년원 사역을 하시는 전도사님이 가끔 오시곤 한다. 이 책을 놓고 기도를 부탁 드렸는데 한 분의 작가 목사님을 소개 받게 해 주셨다. 이 목사님께 내가 쓰고자 하는 내용을 말씀드린 후 "이런 내용이 책이 되겠습니까?"라고 물었더니 목사님께서 "사모님, 책이 되겠습니다."라고 말씀해 주셨다. 그리고 목사님께서 "지금까지 경험한 모든 일들을 다 기록해보라."는 말씀에 더욱 용기를 내어 이 글을 기록하게 되었다.

우리의 말을 듣고 일하시는 하나님을 신뢰하시라!

우리의 말은 창조적인 능력이 있다.

우리의 말이 무의미한 것이 아니다.

우리가 과거에 한 말의 결과가 지금 현실이 되어 나타나고 있는 것이며, 지금 우리가 하는 말들이 미래 우리의 삶이다.

우리는 지금 어떠한 상황일지라도 부정적이고 원망 불평의 말을 꿀꺽할 수 있어야 한다. 그리고 하나님께서 주신 창조적인 말들을 해야 한다. 그 말이 얼마 지나지 않아 열매를 맺힐 것이다. 하나님은 우리의 말을 듣고 일하신다.

눈에 보이지 않아도 손에 잡히지 않아도 큰 길을 만드시는 하나님은 오늘도 우리의 말을 들으시고 말한 대로 일하신다.

"그들에게 이르기를 여호와의 말씀에 내 삶을 두고 맹세하노라 너희 말이 내 귀에 들린 대로 내가 너희에게 행하리니"(민수기 14:28)

말씀의 씨앗이 행복한 나무가 되었습니다
"하하하 호호호"

지은이 | 이경미
만든이 | 하경숲
만든곳 | 글마당
그 림 | 김주은
책임 편집디자인 | 정다희

(등록 제02-1-253호, 1995. 6. 23)

만든 날 | 2021년 3월 1일
펴낸 날 | 2021년 3월 10일

주소 | 서울시 송파구 송파대로 28길 32
전화 | 02. 451. 1227
팩스 | 02. 6280. 9003
홈페이지 | www.gulmadang.com
이메일 | vincent@gulmadang.com

ISBN 979-11-90244-16-9(03800)   값15,000원